「竜也……っ」
焦れったいのか、藤森が大きく腰を揺すってくる。
その声に目線を上げて、新條は艶っぽい視線を投げかけた。
「俺だけが……お前の命を、好きにできるんだ——」

虎と竜～灼熱の純情と冷徹な慾情～

四ノ宮慶

AZ BUNKO

イースト・プレス

CONTENTS

illustration 小山田あみ

虎と竜～灼熱の純情と冷徹な慾情～

　ムッとした熱気がアスファルトから立ち上る中、新條竜也《しんじょうたつや》は眉《まゆ》ひとつ動かさず、涼やかな表情で通りを歩いていた。汗で滑るシルバーフレームの眼鏡《めがね》をときどき指の背で押し上げ、まっすぐ前だけを見据えて進む。

　淡い夏のスーツを着た新條のすぐ後ろを、派手な柄シャツに真っ白なスラックスをだらしなく穿《は》いた御幸泰三《みゆきたいぞう》が、両手をポケットに突っ込んでスキップするようについてくる。

　東京の下町。再開発が進む一角の小さな商店街は、新條が中学を卒業してから今日までを過ごした言わば地元だ。

「新條さん、暑いのにご苦労さんだねぇ」

　昭和の時代を色濃く残す総菜屋の店先を通りかかると、中から店主の老婆が新條に声をかけてきた。

「これ、よかったら松代《まつしろ》の旦那《だんな》さんに持っててってあげとくれよ。夏場は食欲が落ちるから、こういったモンが喉《のど》の通りもよくて食べ易いだろう？」

　老婆が差し出したタッパーには、焼き茄子《なす》が入っていた。

「悪いな、婆《ばあ》さん」

　ほんのわずかに頰《ほお》を和らげ、新條は薄く笑みを浮かべた。

しかし、相手の老婆に謝意が伝わったかは分からない。元来、表情の乏しい方だ。十三歳で両親を失って以来、新條は心から笑ったことがなかった。

「いいんだよ。ウチの方こそ、家賃の支払いずっと待ってもらってるんだから」

無言で泰三にタッパーを渡す新條に、老婆が折れ曲がった腰を摩《さす》りながら頭を下げる。

「本当に、早くよくなるといいねぇ……。松代の旦那も」

「仕方ない。年も年だ」

小さく呟《つぶや》いて、新條はすぐに歩き出した。慌てて後ろに泰三が続く。

「兄貴っ、いいんですか?」

早足で隣に並ぶと、泰三が不満そうに手にしたタッパーを見つめて言った。

「茄子なんかで誤魔化《ごまか》されて……」

「黙ってろ、泰三」

新條は広域指定暴力団関東闘神《とうじん》会系田渡《たわたり》組の古参組織・松代組の若頭だ。かつては権勢を誇った松代組だが、バブルが弾《はじ》けて以降徐々に力を失い、現在は不動産業とテキ屋のシノギのみでなんとか組の体面を保つ弱小組織と成り果てていた。

親である田渡組への上納金の納付もままならない状況だったが、松代の意向で店子《たなこ》への無理な取り立てはしないようきつく命じられている。

お陰で、二十年ほど前までは武闘派として名を馳《は》せた松代も、今や地元住民にとっては

「人情に厚い親分さん」と認識されていた。新條としては家賃をきちんと取り立てたいのだが、子供の頃から世話になった松代の考えに甘んじて従っているのだ。

「親爺《おやじ》さんだって、こんなの食べるかどうか分か……」

「黙ってろって言ったのが、聞こえないのか」

泰三がグチグチと零《こぼ》すのを低く一喝したとき、今度は鮮魚店のオヤジに嗄《しゃが》れた声で呼び止められた。

「おお、竜也！　これから松代の旦那の見舞いに行くんだろ？　コレ、持ってけよ」

新條が足を止めると、泰三が子供みたいに唇を尖《とが》らせる。

「兄貴ぃ、もういい加減に……」

「先に行ってろ」

小声で告げると、泰三は「適当にあしらって、早く来てくださいよ」と背を向けた。

「悪いな、いつも」

「もう何十年も家賃据え置いてもらってんだ。これくらいどうってことねぇよ」

鯵《あじ》の南蛮漬けを山盛りに入れた発泡ポリスチレン製の白いトレーにラップをかけ、鮮魚店のオヤジが苦笑いを浮かべる。

「うちは親父の代から松代組さんには世話になってきたからな」

「お互い様だよ」

鮮魚店のオヤジには、新條もこの街に来てから随分と世話になった。

借金苦の果ての一家心中――生き残ったのは十三歳の新條だけだった。その頃までは、おそらく一般的に言う明るく活発な性格だったと思う。

しかし、両親の死後、親族に引き取り手がなく施設に入れられてからは、表情も乏しくなり口数も減った。それは現在も変わらないどころか、拍車がかかったように思える。

誰《だれ》が見ても美男だと称される容貌《ようぼう》は、新條の好む好まざるに関係なく人目を引いた。

だが、表情が能面のように乏しいせいで、松代組の構成員や地元の住民たちでさえ、新條の冷め切った態度と表情に戸惑《とまど》いを見せることが少なくない。親しげに話しかけはしても、どこか一線を引いて新條に接する。

けれどそのことを、新條自身は却《かえ》ってよかったと思っている。

天涯孤独となって以来、新條は生きる意味を失っていた。

自分がなんのために生まれ、そして、何故《なぜ》生き残ったのか――。

何かを成すために生かされたのなら、その意味はどこにあるのだろうと思い悩み続けている。

今でこそ、自分を拾ってくれた松代や組のため、この街のために生きようと思うようになったが、それでも、何かが違うと感じない日はない。

鮮魚店のオヤジに礼を言って、新條は再び歩き始めた。

やがて商店街を抜けて松代が入院している病院が目に入ったとき、胸ポケットに入れた携帯電話が着信音を激しく鳴り響かせた。

「どうした？」

相手は先に病院へ行かせた泰三だ。通り向こうの三階建ての個人病院を見やり、新條は信号が変わるのを待つ。

『兄貴っ、大変ッス！　親爺さんがっ……』

泰三の声が酷《ひど》く震えているのを聞いて、新條の胸に不安が過《よぎ》った。

車道の信号が黄色に変わる。

『親爺さんが、い、いなくなってるんスよぉ……』

半泣き状態の泰三の声を聞きながら、新條は駆け出していた。

「……ざっけんじゃねぇぞ！」

病院に駆けつけると、聞き覚えのある怒声が聞こえた。松代が入院していた個室の前で、泰三が院長に摑《つか》みかからんばかりの勢いで叫んでいる。

「泰三っ」

エレベーターを待つのがもどかしく、三階まで一気に駆け上がった新條は、わずかに弾んだ声で呼びかけた。

「兄貴っ！　親爺さんが……っ」

「どういうことです、院長先生」

問いながら院長に歩み寄ると、後ろに控えていた師長がバツが悪そうに顔を背けた。

——なんだ？

院長も師長も松代とは顔馴染《なじ》みだ。日頃からヤクザ相手にも嫌な顔ひとつ見せず、松代の入院の際にもいろいろと無理を聞き入れてくれたのだ。

「絶対安静が必要なくらい危険な状態だと……、確かそう言ってましたよね」

まっすぐに院長の目を見据え、新條は淡々と問い詰める。

一昨年《おととし》、松代は持病の糖尿病に起因する狭心症を発症し、動脈硬化が発見されて入院療養していたのだ。いつ心筋梗塞《こうそく》を起こしてもおかしくない状態だと診断されたのだが、八十一歳という高齢と本人が望んでいないことから、手術を行う予定は立てられていなかった。

そんな状態の松代が病院から忽然《こつぜん》と姿を消したというのに、院長から事情の説明がされないなどどう考えてもおかしい。

「い、いや、あの……っ」

レンズ越しに目を眇《すが》めると、院長が血の気の引いた顔を情けなく歪《ゆが》めた。

「その辺にしといたれや」

不意に背後から関西弁で呼びかけられ、新條はハッとして振り返った。

見れば、エレベーターの前に見知らぬ男が立っている。

「ふ、藤森《ふじもり》さんっ」

見るからに同業者と分かるブラックスーツを身につけた男に、院長が助けを求めて駆け寄った。師長はいつの間にか姿を消している。

「悪かったな、院長さん。こっちの手違いで、連絡が行き違いになってしもたみたいや」

澱《よど》みのない声はとおりがよく、耳慣れぬ関西弁でもするりと新條の耳に染み込んできた。

「こちらさんには俺から上手いこと説明するし、院長さんは仕事に戻ってくれたらええ」

男に言われ、院長がこれ幸いとばかりに新條たちにペコリとお辞儀《じぎ》をすると、逃げるようにエレベーターに乗り込んだ。

「……さて、どっから話したらええんかいな?」

ゆっくりと新條に向き合い、男が意味深な笑みを浮かべる。

二十代半ばといったところだろうか。ワックスか何かの整髪料で艶《つや》を増した黒髪を後ろに軽く流し、形のいい額を惜し気もなく晒《さら》している。濃くキリッとした眉と眼光鋭い瞳《ひとみ》が、その意志の強さを示していた。彫りの深い容貌と外国人にも劣らない体軀《たいく》は、見る者をそれだけで威圧する。

「な、何モンだ。お前っ！」

泰三が反射的に叫ぶ声に、新條は我に返った。自分でも意識しないうちに、男の瞳に引き込まれていたのだ。

「泰三、よせ」

宥《なだ》める声が掠《かす》れていることに戸惑う。何者とも分からぬ男にまっすぐ見つめられて、新條は異様な緊張を覚えた。

「ちょっとは話の分かる男でよかったわ」

口許《くちもと》はニヤニヤとだらしなく笑っているのに、男の双眸《そうぼう》はまるで欲情しているかのように濡《ぬ》れて爛々《らんらん》と光っている。

「松代組の新條やな？」

「あ、ああ……。そうだ」

新條は男の放つ圧倒的なオーラにすっかり呑《の》み込まれていた。かつて誰にも感じたことのない畏怖《いふ》に総毛立つ。思考はキンと冴《さ》えているのに、身体《からだ》中の血液が沸き立つようだ。

「関西闘神会《とうじんかい》藤森組若頭、藤森虎徹《こてつ》や。ちょっとは名前、聞いたことあるやろ？」

「え――」

思わず耳を疑う。

闘神会は東西で大きな派閥に分かれていた。総長の厚木権一《あつぎけんいち》は大阪出身で、関西一円を

掌握した勢いで関東に乗り込み、関東にも傘下を増やしていったのだ。

藤森組の組長は関西闘神会会長で、いわば関東で言うところの田渡組——松代組の親組織にあたる一大組織だった。

その藤森組若頭である藤森が、何故、松代の失踪《しっそう》に関《かか》わっているのか。

「長話は嫌いやから本題だけ言うけど、今日は田渡組組長の名代で来た」

「た、田渡の……っ？」

泰三の声が裏返っていた。新條は驚きのあまり、声を発することもできない。

「今朝方《けさがた》、松代組の破門が幹部会議で決まった」

「……う、嘘《うそ》だ」

泰三が囈言《うわごと》のように言って、床に崩れ落ちる。

新條は懸命に平静を装ったが、鼓動は乱れ、喉の渇きに何度も唾液《だえき》を嚥下《えんか》した。

「田渡の爺《じい》さんから、松代組に関する全権を任された。今日からアンタらは全員、俺の指示に従うてもらうからそのつもりでな」

松代組構成員の都合などどうでもいいとばかりに、藤森が軽い調子で告げる。

「ま、待ってくれ。破門……破門の理由は？」

硬く強張《こわば》った顎《あご》の筋肉を無理やり動かし質問を投げかけると、藤森が呆《あき》れ顔を浮かべた。

「自分らのことやのに、そんなことも分かってへんのか？　呆れたモンやな。……どっちにしろ破門状が届いたら分かることや。ええか、松代組は古参やから言うて、今日まで田渡の爺さんが融通利かせてくれとったんやぞ」

藤森のよくとおる声を聞きながら、新條は懸命に脳を働かせた。しかし、あまりにも突然のことに混乱するばかりで、何から考えればいいのかすら分からない。

「それからな、アンタらが阿呆《あほ》な考え起こさんように、松代のおやっさんは人質としてこっちで預からせてもろた。心配せんでも、こんなちっさい町医者やのうて、専門的な高度医療が受けられる病院に移ってもろうとる」

次から次へと突きつけられる言葉に、新條は混乱の渦に巻き込まれていく。

「ふ……、ふざけるなっ！　だいたい、親爺は納得しているのかっ？」

「納得？　阿呆なことぬかすな」

それまで軽い調子だった藤森の口調が一変した。地の底から響くような声にドスを利かせ、まるで言葉そのものが鋭い刃《やいば》となって新條の胸に突き刺さるようだった。

「破門やぞ？　松代組にあきらかな落ち度があるのに、納得も納豆もあるか、ボケ。松代組の親である田渡組が破門言うたら、破門やろが」

ヤクザの道理を突きつけられて、新條はぐうの音も出なかった。

「……っ」

頭に血が上り、握った拳《こぶし》が小刻みに震えた。足許で泰三が声を押し殺して泣いている。

「まあ、そういうことやから、明日にも破門回状が各方面に送られることになっとる。松代組のシマがどないなるか決まるまでに身の振り方考えとけよ」

藤森はそう言うと、新條に息がかかりそうなくらい間近に歩み寄ってきた。

「――っ！」

拳ひとつ分以上も上背のある藤森に見下ろされ、新條は思わず息を詰まらせた。しかし、目はそらさず、憎らしい漆黒の瞳を睨《にら》みつける。

すると、藤森がその奥まった目を細め、わずかに背中を丸めて新條の耳許に唇を寄せた。そして肩にぽんと右手をのせてそっと囁《ささや》く。

「入院費もちゃーんと払っといたったで。院長への迷惑料も込みでな」

松代組の窮状を、藤森はあからさまに揶揄《やゆ》した。

「手を放せ」

顳顬《こめかみ》を痙攣《けいれん》させながら、新條は藤森の手を振り払った。

「礼を言うと思ったら、大間違いだからな」

精一杯の、虚勢だった。

「さよか」

下卑た微笑《ほほえ》みを浮かべ、藤森がおかしそうに肩を震わせる。払われた右手をぷらぷら振りながらゆっくりと背を向けると、新條にだけ聞こえるように言った。

「アンタ、相変わらず、生きてんのがつまらんいう目ぇしとるなぁ」

――え？

まるで過去に会ったことがあるような藤森の口ぶりに目を瞠《みは》る。

新條が問い質《ただ》そうと口を開いたとき、エレベーターの扉が開いてスキンヘッドにレイバンのサングラスをかけた屈強な男が現れた。

「車、表にまわしておきました」

「おう、ご苦労さんやったな。結城《ゆうき》」

スキンヘッドの男が藤森に恭しく頭《こうべ》を垂れるのを、新條は茫然《ぼうぜん》と見つめた。藤森にかしずく結城と呼ばれた男のあまりの存在感に、出かかっていた言葉も消えてしまう。

エレベーターに乗り込んだ藤森が、悠然と新條を振り返って高らかに言い放つ。

「もし文句のひとつでもあるようやったら、いつでも会いに来たらええ。俺は田渡の爺さんとこに世話になっとる」

エレベーターの扉が閉じて藤森の姿が視界から消えても、新條はしばらくの間、愕然《がくぜん》とその場に立ち尽くしていた。

「ううぅっ……ひっ、ふぅう……ううっ」

ふと足許から啜《すす》り泣く声が聞こえ、新條は現実へ引き戻された。

「泰三。泣くな、みっともない」

「兄貴っ……俺ら、これから……ううっ……ふえぇっ」

テキ屋のバイトから数年を経て、昨年やっと松代組の構成員となった泰三にかけてやる言葉を、新條は見つけることができなかった。


ショックにうち拉《ひし》がれる泰三を伴って、新條は組事務所に戻った。

築四十年の松代ビルは、外壁は煤《すす》けて汚れ、所々にひび割れが走るオンボロだったが、れっきとした松代組の持ちビルだ。新條がこの街にやってきたとき、このビルには『松代建設』という看板がかかっていた。

現在は三階部分が組長である松代の本宅となっていて、数人の組員が共に生活している。二階は組の事務所、そして一階部分は松代組が経営している不動産会社の事務所になっていた。

踏み面の端に貼《は》られたタイルが剝《は》がれた階段を上りながら、新條はいきなり突きつけられた理不尽に歯嚙《はが》みする。

——こんなことになる前に、何か手が打てなかったのか。

あたりには再開発の波が押し寄せ、高層ビルが雨後の筍《たけのこ》のように乱立し、人の流れもすっかり変わってしまった。松代組の唯一のシマであるこの下町の一角だけが、その波から取り残されてしまっている。

事務所に戻ると、若い衆が一通の封筒を手に駆け寄ってきた。

「田渡組からさっき届いたんですけど……」

若い衆は組長が病院から消えたことや、松代組の破門が決まったことをまだ知らないのだろう。怪訝《けげん》そうに、泰三の泣き腫《は》らした顔を見ている。

新條は封筒の中身がなんであるかすぐに察した。

「これは俺が預かるから、仕事に戻ってろ」

新條は封筒を受け取ると、しばらく声をかけるなと言いおいて組長室へ引き籠《こも》った。

主である松代が座らなくなって久しい組長の椅子《いす》に腰かけ、封筒の口をペーパーナイフで開ける。中には送り状とＡ４用紙が一枚、そして、見本のつもりなのだろうか、赤で印刷された破門回状のハガキが一通だけ入っていた。

新條はハガキを手に溜息《ためいき》を吐《つ》く。明日にはこの回状が闘神会系組織だけでなく、他の主だった暴力団にも送られるのだ。

Ａ４の紙には松代組を破門するに至った理由がしたためられていた。新條が予想していたとおり、主な理由は二年近くに亙《わた》って滞っている上納金の未納だったが、病床に臥《ふ》した松代が組長としての務めを長期間果たしていない上、後継を決めずにいることも書き添えられていた。

つまり松代組は関東闘神会から、やる気のないお荷物として切り捨てられたのだ。

「だから、あれほど言ったのに――」

紙をぐしゃりと握りしめて呻《うめ》くように呟く。

松代が病に伏すようになってから、新條は松代に跡目を継がせてくれ、早く二代目に任命してくれと何度も言い募った。

それなのに、松代は一向に代紋を譲ろうとはしなかった。それどころか、新條がシノギを増やそうと様々な提言をしても、まともに相手にすらしてくれなかったのだ。

お陰で松代組はまともなシノギを得ることもできないまま、破門という最悪の結末を迎えてしまった。

どうにも歯痒《はがゆ》くて、堪《たま》らなかった。

両親の死後引き取り手がなく施設に入れられた新條は、絵に描いたように世を拗《す》ね、道を踏み外していった。といっても、悪い仲間とつるんだりはしない。いつもひとり生きていることに罪悪感を抱きながら、毎日を無為に過ごした。

中学卒業とともに就職したのは、一日も早く施設を出たかったからだ。住み込みで働けるならどこでも構わないと、数少ない募集先から見つけたのが松代建設だった。勿論《もちろん》、暴力団が後ろについているなんて当時の新條は思ってもいなかった。

しかし、時が経つにつれ内情が理解できるようになっても辞めなかったのは、社長――

組長の松代が、何故か新條を気に入って目をかけてくれたからだ。地元の下町の住人が、まるで親戚《しんせき》のように何かと世話を焼いてくれたことも理由のひとつだろう。

いつしか新條は松代のため、この街のために、少しでも役に立ちたいと思うようになっていた。そして十七歳になったとき、新條は思いきって建設会社の社員ではなく、松代組の構成員になりたいと申し出たのだ。

だが、松代は簡単に認めてくれなかった。

『今どきは、ヤクザも学がないとやっていけねぇ。お前はもともと頭がいいようだから、組のためと思って大学へいってみる気はねぇか？』

松代の言葉は新條にとって夢のような話だった。両親の死後、学校にはまともに通わずにいたが、元来勉強は嫌いではなかった。

『なぁに、金のことは心配するな。儂《わし》が全部面倒見てやる。出世払い……いや、投資だな。それでちゃんと大学を出たら、きちんと組に迎えてやるよ』

今思い返しても、どうして松代がここまで自分をかわいがってくれたのか新條には分からない。しかし松代との出会いが、新條に再び生きる希望を抱かせてくれたことは確かだった。

新條は松代の想いに応《こた》えるため、キツい仕事の合間に懸命に勉強し、高卒認定試験に合格後、努力の甲斐《かい》あって大学への進学を果たした。やがて無事に大学を卒業して、新條は晴れて松代組の構成員となったのだ。

死に損ないの自分でも、誰かのために生きる意味があるかもしれない――。

以来、新條は松代を親と慕い、組の仲間たちを家族と思って生きてきた。

そうして、新條にとって松代組を継ぎ再興することが、この世に生かされた理由だと思ってきた。

それなのに――。

いきなり破門を告げられたばかりか、松代の転院先すら知らされずにいる……。

「くそっ……」

新條は握り潰《つぶ》した紙を床に叩《たた》きつけると、くるりと椅子を回転させて窓の外を眺めた。

真夏の昼下がり、真っ青な夏空の下に古びた街並が広がる。

新條の前に突如として立ち塞《ふさ》がった藤森という男に、自然と敵対心が生まれた。

同じ闘神会系といえども、関東と関西の組織はそれぞれ敵対意識を抱いている。その関西闘神会の会長である藤森組の若頭が、どうして関東闘神会会長の田渡の名代として現れたのか……。

あんな他所者《よそもの》に好き勝手されて黙っているのか。

ようやく見つけた生きる場所、生きる意味を、そう簡単に奪われて堪るものか。

「……冗談じゃない」

新條はゆっくり椅子から立ち上がると、床に転がる紙くずを拾い上げた。そして、破門回状のハガキと一緒に封筒に押し込む。

「こっちにだって、意地がある」

新條は単身、田渡組組長の本宅に乗り込むことを決めた。


高級住宅街の一角に、権勢を見せつけるように田渡組組長の豪邸は鎮座していた。

豪奢《ごうしゃ》な数寄屋門の手前でタクシーを降り、新條は蟬時雨《せみしぐれ》の下で深呼吸をひとつする。

昨日、組長室から出た新條は、構成員たちに関東闘神会から破門となったこと、松代が人質として連れ去られたことを話した。

当然、構成員たちは泰三と同じように激しい動揺をみせたが、新條はそれを一喝し、強い意志のこもった口調で告げたのだった。

『こんな理不尽を認めるわけにはいかない。俺が直接、田渡組長と藤森とかいう男と会って話をつけてくる。お前たちはいつもと同じように、自分の仕事をしっかりやってくれ』

具体的な解決案があるわけではなかったが、松代とも懇意であった田渡組長と腹を割って話せば道が開けるかもしれない。

文句があるなら会いにこいと藤森は言ったが、新條は最初から他所者に会うつもりはなかった。あくまでも関東闘神会会長である田渡に直談判《じかだんぱん》に行くのだ。

泰三をはじめとする構成員たちの不安と期待に満ちた表情を思い起こし、新條は足を踏み出した。

防犯カメラがいくつも備えつけられた門の前で名前と用向きを告げると、まるで新條の訪問を待ちかねていたかのように丁寧に邸内に通された。

「よくお越しくださいました。離れでお待ちです」

しっかりと躾《しつ》けられた若い衆に、屋敷の奥へと案内される。

破門の決まった松代組の若頭だというのに、戸惑うようなＶＩＰ待遇で迎え入れられ、一瞬、新條の胸に嫌な予感が走った。

だが、ここで逃げ出すわけにはいかない。

過去に数度、松代の付き添いとして訪れたことがあったが、そのときよりも遙《はる》かに緊張し、新條は何度も喉を鳴らして唾液を嚥下した。

「おや、新條くんじゃないですか」

離れへの渡り廊下の手前で、不意に新條を呼び止める人物がいた。

声がした方へ視線を向けると、田渡組の若頭、鶴巻鉄二《つるまきてつじ》がすぐ傍《そば》の部屋から出てきたところだった。

会合でもあったのか、他にも見覚えのある男たちが部屋から出ては帰っていく。

鶴巻は他の男たちに軽く会釈すると、まっすぐ新條に近づいてきた。そして、陰湿な笑みをたたえ「このたびは、御愁傷様でしたね」などと嫌みを言う。

「どうも」

無表情を装いつつも、レンズの奥の瞳に警戒心をあらわに会釈する。新條はこの鶴巻という男を以前から嫌悪していた。それほど交流があったわけではないが、とにかく生理的に受けつけないタイプなのだ。

四十半ば過ぎの男盛りといった鶴巻は、容姿的には整っている方だ。しかし、爬虫類《はちゅうるい》を思わせる容貌は常に青白く、うっすらと妖《あや》しい笑みをたたえている。唇の端から右頬にかけて走る大きな裂傷の痕《あと》が、さらに鶴巻に不快な印象を与えていた。物腰も穏やかで頭脳明晰《めいせき》、田渡組の金蔵と呼ばれ、関東鬪神会内でもやり手として有名だ。

しかし、ふだんの穏やかな物腰からは想像もできない残虐な本性を、鶴巻は隠して持っていると新條は噂《うわさ》に聞いていた。滅多に声を荒らげることはないが、自分の意に反する人間や組織に対しては、一変して蛇のような執念をもって容赦ない報復をするらしい。それは鶴巻への反抗心を相手が喪失するまで徹底的に行われる。

田渡と血縁でもない鶴巻が若頭に昇り詰められたのは、そんな一貫した恐怖主義にあると考えられた。

だが実際に鶴巻がどのような手法で敵対する人物や組織に脅威を与えるのか、新條は知らなかった。

「面倒な男に目をつけられましたね。新條くん」

新條に絡みつくような視線を送りながら、鶴巻が囁きかける。

「は？」

一瞬、鶴巻が何を言っているのか新條には理解できなかった。

「……いや、あれほどの男が執着するだけあって、私が気づけなかった魅力があるのかな」

クスクスと忍び笑いを漏らしつつ、鶴巻が目を細める。笑うと頬の傷痕が引き攣《つ》れ、妖しさが一段と際立った。

「これから、面白いことが起こりますよ。きっと……」

「どういう意味ですか」

ゾッとするような微笑みに気を呑まれそうになるのを堪《こら》え、問い返す。

しかし、鶴巻は何も答えず、静かに背を向けた。その背にくっきり浮かんだ拒絶の色が、呼び止めても無駄だと語っている。

新條の胸に、新たな不安が広がっていった。

鶴巻の姿が見えなくなると、若い衆が改めて新條を促した。

「こちらでお待ちください」

離れの部屋に案内され、新條は閉じられた障子戸の前で襟を正す。

「失礼します。松代組若頭、新條です」

磨き上げられた広縁に膝をついて名乗ると、新條はそっと障子戸へ手を伸ばした。

「やっぱり、来よったか」

不意に頭上から降ってきた関西弁に、ハッとして顔を上げる。

「どうして、お前が……」

いつの間に背後に立っていたのか、藤森が結城というスキンヘッドの男を従え、ニヤニヤと新條を見下ろしていた。

「そんなことはどうでもええ。それよりアンタ、さっき鶴巻と何話しとった」

ぶっきらぼうな物言いに、新條は動揺を抑え切れなかった。見上げた藤森の顔が、怒りに醜く歪んでいたからだ。

「……っ」

それなりに修羅場も経験し、名を馳せた親分衆とも対峙《たいじ》したことのある新條が、言葉を失うほどの圧倒的な威圧感。

「答えんかい。鶴巻となんの話をしとったか聞いとんねん」

藤森の切れ上がった眦《まなじり》が、小さく痙攣している。

「べ……別にっ」

胃が押し潰されるようなプレッシャーに、新條はそう答えるのが精一杯だった。

「ホンマか？」

「あ、ああ……」

繰り返し問うのに頷《うなず》く。

「そうか」

間の抜けたような藤森の声と同時に、新條の全身にのしかかっていたプレッシャーが掻《か》き消えた。

「今日のところは勘弁しといたる。けど、言うとくで。鶴巻には近づくな」

言いながら藤森が障子戸を勢いよく開け放った。青畳の匂《にお》いが新條の鼻腔《びこう》を刺激する。

「はよ入れ」

新條が渋々従うと、結城はそのまま部屋の外に残った。

二間続きの和室には藤森と新條の二人きりで、座布団も二組しか用意されていない。当然のように藤森が上座に腰を据える。

「田渡組長は？」

新條は立ったまま、藤森を見下ろした。

「アンタの頭は鳥頭か？　松代組のことは全部俺に任されてるって言うたやないか。田渡の爺さんが会うわけないやろ」

鋭い双眸に睨み上げられ、新條の胃が竦《すく》む。先ほど浴びせられた圧倒的な畏怖を、身体が覚えてしまっているようだった。

それでも、意地だけはあった。

上納金の未納も、後継の問題も、確かに言い逃れができない事実だ。

しかし、田渡が関東闘神会会長の地位を得るために献身的に仕えてきた松代組を、警告もないまま一方的に破門されては面子《メンツ》が立たない。

「ふざけるな……っ」

腹の底に力を込めて、新條は恐怖心を吹き飛ばすように叫んだ。

「それが、納得できないと言っているんだ！」

考えるよりも先に身体が動いていた。畳を蹴《け》って、不遜《ふそん》な態度で薄ら笑いを浮かべる藤森に摑みかかる。

「田渡組長はうちの親爺には少なからぬ恩があるはずだ！　だったらせめて、せめて田渡組長が直々に……」

藤森の胸ぐらを摑んで、ガクガクと揺すりながら問い詰めた。

「こんな礼を欠いた仕打ち、納得しろと言う方がおかしいだろう！」

新條は溢《あふ》れる感情のまま、藤森の顔面を殴りつけた。

「――ッ」

殴った右の拳がジンジンと痺《しび》れる。

「気ぃ……済んだか？」

尻《しり》をわずかに座布団からずり落とし、藤森が訊《たず》ねる。その顔には、先ほどまでとまったく変化のない不敵な笑みが浮かんでいた。

「あ……」

漆黒の瞳に睨まれ、新條の身体が再び萎縮《いしゅく》した。

「なあ、新條」

まるで魔法にでもかかったかのように、藤森の胸ぐらを摑んだ手から力が抜ける。

「自分の立場よう考えや。破門されたアンタが田渡組の客人である俺を、田渡の本宅で殴るいうことにどんだけの意味があるんか……」

「……っ」

返す言葉もなかった。

納得できないと言い張ったところで、新條はもう松代組の若頭でもなければ、田渡組傘下の構成員でもない。それどころか、田渡組の許しがなければ、二度と暴力団員として活動することも叶《かな》わぬ身なのだ。

言わばこの状況は、一般人がヤクザの邸宅で幹部を一方的に殴ったのと同じだった。

障子戸一枚隔てた外の広縁には、藤森のボディガードの結城が控えている。何かあればすぐにでも飛び込んできて、新條を取り押さえるだろう。藤森がひと声あげれば、田渡組の血気盛んな男たちが雪崩《なだれ》のようにこの部屋へ押し寄せ、新條を血祭りにあげることも考えられた。

「頭に血ぃ上るんも分からんことないけど、もうちょっと冷静になったらどうや」

藤森に剣呑《けんのん》を諭され、新條はよろよろと後ろによろめいた。

そして、今さらながらに気づく。

藤森虎徹という男のことを、新條は噂程度にしか知らない。敵陣に乗り込む前には相手のことを詳細に調べるのが当然だというのに、新條は破門のショックに余裕を失い、田渡組が藤森にすべてを任せた理由をろくに考えもしないまま、無謀な戦いを挑んでしまったのだ。

「……クソッ！」

新條は崩れ落ちるように膝をつき、拳を畳に叩きつけた。どんなに足掻《あが》いたところで松代組の破門は撤回されない。やり場のない怒りを拳に込め、何度も何度も畳に打ちつける。

「新條」

ふと気づくと、すぐ目の前に藤森が立っていた。気配なく歩み寄った男をゆっくりと振り仰ぎ、新條はキッと睨み返してやる。

「俺が、憎いか？」

「当然だ」

きっぱりと答えた瞬間、新條は耳許で風鳴りを聞いた。

「――ッグゥ」

蛙《かえる》が踏み潰されたときに発するような声が、自分のものだと自覚する間もない。側頭部に衝撃を受けたと思ったときには、惨めに畳の上に転がっていた。

「痛っ……う、うぅっ」

藤森に強烈な蹴りを喰《く》らったのだと理解するのに数秒を要した。頭がグラグラとして視界が霞《かす》む。衝撃で眼鏡が外れてしまったらしい。

「気ぃ失われても面白うないからな、加減したったんや。感謝せえよ」

くたりと畳に横たわる新條の腰の上を跨《また》いで藤森が嘲笑《あざわら》う。

「俺に摑みかかってきた根性は、認めたる」

藤森がゆっくりとしゃがみ、新條の腰に尻をどっかと下ろした。

新條は焦点の定まらない目で、捕食者のギラギラした瞳を見上げた。

「男が男を屈服させんのに、一番有効な手段が何か分かるか？」

藤森がニヤリと笑う。何を考えているのか微塵《みじん》も読み取れない漆黒の瞳に、新條は声にならない恐怖を覚えた。

「か、金と権力だろっ」

全身に震えが走るのを誤魔化すように、思い浮かんだ言葉を早口で告げる。

次の瞬間、新條のスーツのボタンが弾け飛んだ。

「な――っ」

思わず声をあげると、間をおかずにワイシャツが引き裂かれた。

「アンタみたいな無駄にプライドの高い男には、こうやって……乗っかって犯してやるんが一番や」

「――っ！」

声も出なかった。唖然《あぜん》とする間に、上半身を裸に剝かれる。

「やっ……やめろっ！」

慌てて腕を振り回し、上体を捩《ねじ》って抵抗を試みるが、マウントポジションをとった藤森が圧倒的に有利だった。

「男に犯されるんは、はじめてか？」

「ぁ、当たり前に決まって……っ」

体格とリーチの差にものを言わせ、藤森が新條の頰を叩く。

「助けを呼びたかったら呼んだらええ。ココの若い衆に、俎板《まないた》ショーを見せてやったら喜ぶやろうなぁ」

「き……さま……っ」

「気ぃ強いんは嫌いやないけど、立場は弁《わきま》えた方がええで」

眇めた瞳で新條を見下ろして、藤森がゾッとするような笑みを浮かべた。

力の差は、歴然としている。抵抗したところで藤森に難なく押さえつけられ、ゴミのように扱われるに違いなかった。

それこそ、幼い子供が虫の羽根を毟《むし》って喜ぶように――。

「とりあえず、全部脱いでもらおか」

新しいオモチャを手に入れた子供のごとき笑みを満面に浮かべて藤森が言った。

「……分かった」

畳の上に起き上がり、新條は痛みの残る腕でネクタイを解き、ボロボロになったワイシャツを脱ぎ捨て、スラックスを下着ごと足許へ落とした。

「アンタ、モンモン、背負ってないんか?」

新條の背中を見て、藤森が驚いた様子で訊ねた。

「親爺の言いつけで、跡目を継ぐまでは彫るなと言われていた……」

抑揚のない声で答えながら、新條は臍《ほぞ》を噛んだ。もし、とうに松代組の跡目を継いでいて、この背に墨が入れてあったならと思うと、遣《や》り切れない想いが込み上げる。

「細いけど、よう鍛えられとる。全身に薄う筋肉がついとって、女が喜ぶ体型や」

さぞおモテになるんでっしゃろ……と、揶揄《からか》う藤森を新條は無視した。組を支えていくためには心身ともに強くなければ――と、空いた時間に自分で組んだトレーニングメニューを欠かさずこなしてきたのだ。

「それにしても、えらい白い肌してんなぁ」

うるさい――。

感心した様子で藤森が呟くのに、新條は胸の中で吐き捨てた。

子供の頃から色白で、それが新條の数少ない悩みのひとつでもあった。日に焼いても赤くなるだけで、色素が沈着して肌が小麦色になることはない。そのために幼い頃から貧弱なイメージがつきまとった。身体を懸命に鍛えたのには、見た日から相手に舐《な》められぬよう、少しでも頑強なイメージをつけたいという一心からだ。

「そこへ四つん這《ば》いになるんや」

藤森が命ずる。羞恥《しゅうち》と怒りに頭が沸騰しそうだったが、新條は無言で従った。

すると、右側に藤森が膝《ひざ》をつき、いきなり新條の股間《こかん》に手を伸ばしてきた。

「コレ握り潰したら、どんな音するか……知ってるか?」

「うぁ……っ」

縮み上がったペニスと陰嚢《いんのう》を乱暴に鷲《わし》摑まれ、息を呑む。想像するだけで鳥肌が立った。

「さすがに男やったら、考えただけで怖いよなぁ」

「やりたければ、やればいい……だろっ」

言葉とは裏腹に、ギリギリと急所を握りしめられる痛みと恐怖に頬が強張る。

「コレ使うたん、いつが最後や?」

顔を近づけ、藤森が囁くように問いかけた。

「黙れ……っ」

「ええなぁ、その目。俺が見込んだとおりや」

藤森の整髪料の匂いが新條の鼻腔をツンと突いた。甘みのある芳香に、一瞬くらりと脳がぶれる。

「……あっ」

畳についた腕が思わずカクンと折れそうになったところを、藤森の逞《たくま》しい腕に抱きかかえられたかと思うと、そのまま反転するように畳の上を転がされ、新條は再び藤森に組み敷かれていた。

「新條」

眼鏡がなくともはっきり見てとれる距離で、藤森の漆黒の瞳に見つめられる。

「きれえな顔して、目ぇは死んだ魚の目や。組のために必死なフリしとるくせに、ホンマはその目ぇにはなんも映っとらんのやろ?」

「……っ!」

松代組のために生きると決めてからも「何かが違う、何か足りない」と思い続ける心の

内を見透かされたようで、新條は妙な羞恥を覚えた。

口惜しさにキッと睨みつけ、藤森を罵《ののし》る。

「貴様、いつも……こうやって気に食わない相手を組み伏せてきたのか！」

すると、藤森が早口で答えた。

「阿呆か、気色悪いこと言うな。俺の一生で犯したいと思ったんは、アンタだけや」

その表情は拗ねた子供のような、意に添わぬ仕打ちに悲しむようなものだった。

不意に藤森が見せた意外な表情に、新條は違和感を覚える。

「それは、どういう意味……」

しかし、答えを確かめる暇《いとま》は与えられなかった。

いきなり藤森がシャツを脱ぎ捨て、スラックスの前を寛《くつろ》げたのだ。

「そろそろ、本番にいこか」

新條とは比較にならないくらいに鍛え上げられた健康的な肉体に、一瞬、目を瞠る。

「ま……っ」

待て――と叫ぶ前に、頬を叩かれた。

「黙って言うこと聞かんと、松代のおやっさんや組のモンがどないなっても知らんで」

藤森が片眉を上げて意地悪く笑う。

頭から血が噴き出すかと思うほどの怒りに、新條は思わず唾《つば》を吐きかけていた。

「下衆《げす》が……っ」

「ああ、自分でもそない思う」

藤森が自嘲《じちょう》の笑みを浮かべながら、頬にかかった唾液を拭《ぬぐ》った。そして、新條の肩を大きな手でしっかりと押さえつけると、下肢を押し拡《ひろ》げるようにして腰を進めていく。

「欲しいモンは、どないな手ぇ使っても手に入れる。まわりに文句なんか言わさへん。それが許されるだけの努力を、俺は重ねてきたんやからな」

言い終えると、藤森が下着を押し下げて硬く勃起《ぼっき》したペニスを取り出した。

「ええか、新條。今日からアンタは、俺のモンや」

雄々しく勃《た》ち上がったペニスを新條に見せつけながら扱《しご》き、欲情した瞳で告げる。

「ご託はいいからさっさと突っ込め。どうせ腰振って射精して終わりだ。デカいだけが取り柄のお前なんかに、テクなんざ期待しちゃいない」

同性から見ても充分過ぎるほどの体積を持つ藤森のペニスに戦《おのの》きながらも、新條は精一杯強がってみせた。

「ほな、遠慮のうやらしてもらおか」

言うなり腿《もも》を抱え上げられ、尻の狭間《はざま》に熱い昂《たかぶ》りを押しつけられる。

「――ッ」

瞬間、新條は堪らず目を瞑《つぶ》った。松代組の若頭として背負ってきたものだけでなく、男としてのプライドまであっさりと踏みにじられ、惨めさと口惜しさが胸に溢れる。

「力、抜けや」

先走りのぬめりを助けに、藤森が容赦なく腰を押し進める。

「うっ……うぅっ」

ピリピリと皮膚が引き攣れる痛みに奥歯を噛みしめながら、新條はさっさと済ませてくれと願わずにいられなかった。

宣言どおり、藤森は強引に新條の身体を暴いていく。優しさなど微塵もない。逞しい肩に白い脚を抱え上げ、新條に見せつけるように腰を浮かして奥を穿《うが》つ。

「全部……入ったで」

少し湿ったような藤森の声を、新條は意識の遠くに聞いた。

背中が畳で擦《こす》れてチリチリと痛む。尻の奥が焼けた鉄杭《てっくい》で穿たれたみたいに熱く重い。

「ほな、腰振って射精させてもらおか」

わずかに声を上擦らせ、藤森が新條の腰を抱え直した。

「や、やめ……っ」

萎《しお》れたペニスがびたんと自分の下腹を叩く感覚に、これまでにない羞恥を覚える。

しかし、藤森が制止を聞き入れるわけがなく、新條は凄絶《せいぜつ》な痛みと苦しみに襲われた。

「うぅっ……ぐっ、ぅあ……あ、あぁっ」

腹の中を滅茶苦茶《めちゃくちゃ》に引っ掻き回される感覚に、悲鳴とも絶叫ともつかない声をあげる。

「もうちょっと……かわいらしい声、出されへんのかいな……」

パンパンと腰を打ちつけながら、藤森が抱えた新條の膝頭に口づけた。

「……くぁっ……も、やめっ……うぅっ」

みっともない自分の声を、障子戸一枚隔てた向こう側で結城が聞いているのかと思うと死んでしまいたくなる。

早く、早く終わってくれ――。

苦痛に喘《あえ》ぎながら懇願し続ける新條の身体に、やがて微妙な変化が現れた。

「あっ……、い、やだ……っ」

藤森のペニスに内壁を擦られると、なんとも言えぬ快感を生み出す部分があった。そこを刺激されると、自分の意志とは関係なくあられもない声が漏れてしまう。

「やめっ、そこ……いやだっ……あ、やめろっ……ぁあ……っ」

いつしか、体内を穿たれる苦痛よりも、もどかしくくすぐったいような感覚が新條を支配しようとしていた。

「なんや、新條」

新條の微妙な反応の変化を、藤森が目敏《めざと》く察する。

「アンタのええトコに、当たっとるんやろ？」

律動はそのままに、藤森が腰を一段と強く打ちつけた。

「ほら、ココやろ」

掠れた声で藤森が囁いた次の瞬間。

新條は、脳天まで一気に引き裂かれるような衝撃に襲われた。

「イ――――ッ！」

目の前で白い星がチカチカと瞬く。全身が引き攣れるような痛みと、身体の奥に杭を穿たれる衝撃。そして、その合間に与えられる甘美な痺れに、必死に繋《つな》ぎ止めていた理性を手放してしまいそうになる。

「はぁっ……あ、うぅっ……んンッ」

懸命に意識を保とうときつく唇を噛んでも、その都度、藤森に敏感な部分を刺激され、身も世もなく声をあげさせられた。

女を抱いたときにも感じたことのない劣情を藤森の手で引き出され、新條のプライドが粉々に打ち砕かれる。

「いや……だ！　あ、あぁ……ふぁ」

知らぬ間に硬く勃起していた新條のペニスを、藤森がやんわりと握った。

「あぁ――っ」

直接的な刺激に腰が跳ねる。

「堪らん……っ」

握り潰すと脅したときとはうって変わり、藤森の手が戸惑うくらい優しくペニスを扱き始めた。

「あぁ……っ、んっ……あぁぁっ……」

身体の奥深くを穿たれる快感と、ペニスを労《いたわ》るように愛撫《あいぶ》される快感に、理性がドロドロと融けて指の間から零れ落ちていくようだ。

「思ってた……とおりやっ」

総毛立つほどの雄の色香を身に纏《まと》い、藤森が喘ぐ。

繋がった部分が灼《や》けるように熱い。

「んあっ……あ、はぁっ……あ、あぁ……やめ……んあっ」

新條は箍《たが》が外れたように甘い声で叫び散らし、藤森に与えられる悦楽の海に溺《おぼ》れた。

藤森の灼熱《しゃくねつ》の肌に触れ、己も自覚していなかった隠された劣情を炙《あぶ》り出されてしまう。

「アンタをこうやって……思いきり犯す夢を……何度も見てきた……」

「いぁ……ひっ……あ、あぁっ……」

快楽の波に翻弄《ほんろう》されながら、藤森の欲情に昂った声を聞いていた。

「どんな顔で……悦《よ》がって、どんな……声で啼《な》くんか――」

新條はぼんやりと涙に潤んだ瞳で自分を犯す男を見上げた。それまで余裕をたたえていた藤森が、まるで思春期のガキみたいに切羽詰まった表情を浮かべている。

額から汗をしたたらせ、新條をまっすぐに見下ろして口を開く。

「ええか、新條……。これでアンタは俺のモンや」

藤森がオモチャを強請《ねだ》る子供のように首を傾《かし》げた。

「なあ、分かるよな……？」

重ねて問いかけ、ゆっくりと腰をグラインドさせる。

「ンん……ぁっ！」

背中が反り、新條は意図せず藤森のペニスを締めつける。繋がった部分からいやらしい音がグチグチと漏れるのにさえ、情欲を掻き立てられた。理性も意地も、ほんの欠片《かけら》も残ってはいない。

「ほら、返事は？」

「ヒ……ッ！」

ズン、と最奥を突き上げられ、新條は声もなくガクガクと頷く。

「わか……った、分かった……からっ」

新條の答えに満足したのか、藤森が屈託のない笑みを浮かべた。

「ほなそろそろ、終わりにしよか……っ」

告げて、新條の腰を引き寄せた。

「ヒッ……！」

畳との摩擦で背中の皮がずるりと剝《む》けるような錯覚を覚えた直後、新條は猛《たけ》ったペニスで存分に熱い肉壁を掻き回された。

「ふっ……、うぁっ、あっ、ああっ」

新條が放つ嬌声《きょうせい》に煽《あお》られたのか、藤森が一気に絶頂へと駆け上がっていく。

「す……げぇっ」

パンパンと肉と肉がぶつかり合う音が室内に響き渡った。きっと外にいる結城の耳にも届いているだろうが、新條には気にする余裕もない。

「くっ……ぅ、んあっ……あ」

手を添えられてもいないのに、新條のペニスはまっすぐに天を仰いでいた。絶頂の予感に小さく震え、だらだらと濁った先走りを垂れ流す。

体内に咥《くわ》え込んだ藤森のペニスが、一際大きく硬く、その存在を誇示する。

「アンタの中に……全部、注いだる――っ」

上擦った声で藤森が囁き、背中を丸めた。新條の汗ばんだ髪を撫《な》で梳《す》き、濡れて光る瞳で間近に見つめる。

「あ――」

藤森に与えられる獰悪《どうあく》な快楽に呑み込まれる。

「俺のモンや……。忘れんな」

胸が、締めつけられるようだった。

喰い尽される――。

どこまでも続く深い闇《やみ》のごとき瞳に魅入られたまま、新條は絶頂を迎えた。

「アァッ……！」

下半身に電流のような痺れを覚え、堪える間もなく吐精して果てる。

同時に藤森の身体が小刻みに震え、新條の腰を摑んだ腕に力がこめられた。

「ク……ッ」

直後、新條は体内に熱い飛沫《ひまつ》が解き放たれるのを感じ、そうしてゆっくりと意識を手放した。


全身が鉛のように重い。いつ眠ったのかも分からなかった。

エアコンの冷気に晒された身体に、ふわりと白いシャツがかけられる。

「冷えるで」

畳の上にボロ雑巾《ぞうきん》のごとく横たわった新條を、藤森がスラックスだけを身につけて見下ろしていた。

「……あ」

新條は声を発しようとしたが、喉がひりついて上手く喋《しゃべ》れなかった。まわりには引き裂かれたワイシャツや他の衣服が散乱し、室内には情事後独特の匂いが充満している。

スラックスの傍に眼鏡が落ちているのを見つけ、新條は手を伸ばした。

夢じゃ、ない……。

視界に映る光景と身体に残る凌辱《りょうじょく》の痕、そして倦怠《けんたい》感に、いい知れぬ失墜感を覚える。

横たわったまま首を捻《ひね》って障子戸を仰ぎ見ると、結城の影が先ほどと寸分変わらぬ位置に映っていた。

「……笑える」

薄く自嘲の笑みを浮かべ、新條は自分の無力さを恥じた。

「なんもおかしいことないで。最後まで悪足掻きする奴、俺は嫌いやない。はなから諦《あきら》めるような奴よりよっぽどええ」

慰めているつもりなのか、それとも単に勝者の余裕か、新條は藤森の言葉を聞き流した。

今さら何を言われたところで、自分は馬鹿な道化でしかないのだ。

「松代組の破門は取り消されへん」

最後通告だと言わんばかりに、藤森が背を向けて淡々と告げる。筋肉の盛り上がった背中には、息を呑むほどに美しく猛々《たけだけ》しい昇龍《のぼりりゅう》の刺青《いれずみ》が施されていた。

藤森の刺青に見蕩《みと》れていた新條の耳に、信じ難い言葉が流れ込む。

「それからな、今日からしばらくの間、アンタには俺と一緒にココで生活してもらう」

「な、何を……」

重い泥の中に沈んだような身体を、新條は反射的に起き上がらせた。あまりにも支離滅裂な言動に戸惑わずにいられない。

「さっき、分かったたって言うたやないか。アンタは俺のモンで、俺には逆らわん——て」

暴力じみたセックスと麻薬のような快楽に溺れさせられ、前後不覚のうちに頷いた記憶が朧《おぼろ》げに甦《よみがえ》る。

「卑怯《ひきょう》だぞ……っ」

新條が喚《わめ》くのに、藤森が振り返って続ける。

「二十四時間、寝起きは勿論、食事も、風呂《ふろ》も一緒や」

「ふっ、ふざけるなっ……。あんな状態で、しかも……脅されて、簡単に言いなりになると思っているのか」

自尊心をズタズタに引き裂かれてまで凌辱に耐えたというのに、これ以上、まだこの男にオモチャのように弄《もてあそ》ばれるのかと思うと、それまで忘れていた怒りが一気に新條の身体から噴き出した。

「こっちが下手に出てりゃいい気になりやがって！　勝手なことを言ってんじゃねぇ！

俺にだって意地ってモンがあるんだ。伊達《だて》に松代の代紋、掲げてたわけじゃねぇんだぞっ」

　低くドスを利かせた声で藤森に向かって叫ぶ。身体中がみしみしと軋《きし》んで悲鳴をあげたが、新條は勢いよく立ち上がるとスラックスとジャケットを身につけた。

「帰らせてもらう」

　きっぱりと言って背を向け、障子戸に手を伸ばす。

　しかし、新條が開けるより先に自動扉のように障子戸がスゥーッと開き、目の前に大きな人影が立ち塞がった。

「……っ！」

　まるで山のごとく無言で佇《たたず》む結城を仰ぎ見て、新條は愕然と立ち尽くした。

「新條」

　新條の背に、藤森が平坦な口調で語りかける。

「言うたやろ？　松代組は破門になった。すでに俺の指示で事務所にも片付けの手が入っとる。アンタの帰る場所はどこにもない」

　だらだらとした調子に聞こえる藤森の言葉に、新條は感情というものがすっぽり抜け落ちていくのを感じた。

「アンタはもう俺のモンなんや。さっさと諦めて、肚据《はら》えんかいや」

怒鳴るわけでもなければ、脅すような厳しい口調でもない。

「心配せんでも松代のおやっさんも残された組のモンも、決して悪いようにはせぇへん」

新條はギクシャクした動きで振り返ると、感情のない瞳で藤森を見つめた。

「信じろ……言うたところで、今は無理かもしれんけどな」

新條の胸にある不安を見透かして、藤森が苦笑を浮かべ頭を掻く。

「けどな、新條」

ゆっくりと藤森が近づいてくる。まっすぐ射抜くような視線から、新條は目を離せなかった。

「今は、俺のことは憎むなり軽蔑《けいべつ》するなりしてくれて構へんけどな……」

しんと凪《な》いだ湖のようだった新條の心が、不意にざわめいた。

藤森が新條の肩にそっと両手をのせ、徐々に強く摑んでいく。

「……くっ」

肩の骨の隙間《すきま》に指が食い込み、新條は苦痛に眉を寄せた。

「ココにおる間、死んだ魚みたいな目で仕方のう生きてきたアンタに、俺が世の中の面白さを見せたる」

今までにないくらい真剣で熱を孕《はら》んだ瞳で見つめられ、新條は思わず目を瞠った。鼻先が触れそうなほど間近にある瞳に、意識を支配される。

「俺と一緒におったら生きてんのが楽しいてしゃあないって、そうなるで？　約束したる」

くっきりとした意思の強い眉と、どこまでも吸い込まれていきそうな黒い瞳。

「それでも気に食わんかったら、アンタの好きに生きたらええ」

にこりと笑った藤森の表情は、まるで小さな男の子そのものだ。

「結城、風呂の用意してくれ。それから、新條の着るモンもな」

ポンポンと新條の肩を軽く叩き、藤森が背を向けた。男らしい背中に棲《す》む龍が、ギロリとした大きな眼《まなこ》で新條を射竦める。

『好きに生きたらええ』

新條の胸に、藤森の何げない言葉が引っかかる。

颯爽《さっそう》と立ち去る背中を見送りながら、新條は藤森が浮かべた子供じみた笑顔を何度も思い返した。


翌朝、新條は離れと母屋を結ぶ渡り廊下に藤森と並んで立っていた。

「ええか、新條。その生け垣からこっち側は、完全に俺のテリトリーとして守られとる。田渡の爺さんと俺が許可したモン以外、入ってきたらアカンことになってるんや」

時刻はまだ六時を過ぎたばかりだというのに、蟬の声があちこちから聞こえていた。

「お前、いつもこんなに朝早く起きるのか?」

前日の凌辱に、新條の身体は全身筋肉痛に見舞われ、尻にはいまだに異物感が残っていた。意地だけで背筋をピンと伸ばして立っているが、新條の額には暑さのせいではない汗が滲《にじ》んだ。

「早起きは三文の得、言うやろ?」

さも当然とばかりに藤森が答えるのに、新條はこそりと溜息を吐く。決してだらしない生活をしてきたつもりはないが、毎日六時前に叩き起こされるのかと思うとゾッとしない。

「サラリーマンじゃあるまいし」

思わず零すと、藤森が「何言うてんねん」と突っ込んできた。

「今どき薬《やく》の売買も難しなったし、フロント企業隠れ蓑《みの》にしてシノギ稼ぐにしても、チャイニーズやら外から来た面倒な奴らにお株持っていかれてばっかりや。暴対法くぐり抜けんのも手間と金がかかってしゃあない」

話しながら、藤森が新條に目配せして歩きだす。離れへ戻り、庭に面した広縁へ出ると、結城が朝食の膳《ぜん》の支度をして出迎えた。

「それになぁ、今の時代、昔ながらのヤクザは生き辛《づら》い部分があるやろ。義理人情を掲げたところで時代に取り残されるだけで、生き残るンも大変や。……アンタ、そっちに座ったらええ」

藤森がやわらかそうなクッションが置かれた座椅子を指差す。

それが自分の身体を労ってのものだと思うと、新條はいたたまれない気持ちになった。

「分かった……」

クッションの上に腰を下ろすと、新條は目の前の膳を見て何度も瞬《まばた》きをした。五穀米に太刀魚《たちうお》の塩焼き、出汁《だし》巻き玉子、切り干し大根煮、豆腐となめこのみそ汁、そして漬け物。

まるで旅館の朝食のような献立に、箸《はし》を手にとることさえ忘れる。

「見事なモンやろ？　結城はこう見えて調理師の免許持っとるんや」

藤森が自慢げに言うのに、新條は驚きに目を見開き、無言で茶を淹《い》れる巨漢を見つめた。

結城は常にサングラスをかけていて、滅多に口も利かない奇妙な男だった。

「冷めんうちに食べろよ。人間、朝何を食べるかが一番大事やからな」

俺の持論や――と言って、藤森が手を合わせて箸に手を伸ばす。

呆気《あっけ》にとられながらも、新條もそっと手を合わせて胸の中で「いただきます」と言った。

「さっきの話やけどな」

結城が下がり、広縁に二人きりになると、藤森が話を再開した。

「俺らヤクザも、サラリーマンみたいなモンやと思わへんか？」

「え、あ……ああ」

藤森の美しい箸使いに見蕩れていたことに気づいて、新條は咄嗟《とっさ》に目をそらした。胡座《あぐら》こそかいているが、藤森は背筋を伸ばした美しい姿勢で、まるで教本のような所作で食事を続けている。昨日、容赦なく自分に凌辱の限りを尽くした男とは思えない姿に、新條はますます藤森虎徹という男が分からなくなっていた。

「いまだに力で押しとおす部分も残ってるけど、組長は会社で言うたら社長みたいなもんやろ？　下のモンがあくせく働いたシノギで、組っちゅう組織を成り立たせてる。まあ、細かいとこは全然違うけどな」

言われてみて、新條はなるほど……と思った。

「アカンな。なんか話が回りくどうなっとる。いつもやったらちゃんと筋道立てて、小学生でも分かるように話できるんやけどな」

萩焼の大振りの茶碗から五穀米をかき込んで、藤森が照れ臭そうに笑う。

「ちょっと、浮かれとるみたいや」

「……は？」

新條は首を傾げた。藤森が浮かれるようなことが、昨日から今朝の間にあっただろうか。

「まあ、ええわ。飯食ったら、アンタにやってもらいたいことがあるんや」

食事には最低でも三十分はかけるのだと言って、藤森はその後、くだらない世間話を新條に聞かせながら食事を続けた。

結城の作った朝食は、文句なしに美味《うま》かった。しかし、前日の強姦《ごうかん》じみた――いや、間違いなく強姦だ――セックスに疲弊した身体には、少し量が多かった。

新條が半分ほどを食べただけで箸を置くと、藤森は嫌な顔ひとつせずに、「無理はすんな」と言って膳を下げるよう結城を呼んだ。

「部屋で少し休んだらええ。八時になったら、俺の部屋に来てくれ」

藤森はまだ食事の途中だったが、新條は言葉に甘えて広縁を後にした。

「……ふう」

新條に与えられた部屋は藤森の隣の八畳間だった。

崩れ落ちるように敷いたままの布団に横になると、途端に全身の痛みを意識させられる。

たった一日経っただけだというのに、環境の変化に心が追いつかない。

松代や泰三たちのことが気にかかるが、携帯電話は取り上げられ、離れ以外での単独行動も制限されているため、連絡することもできないでいる。

「何を考えているんだ。アイツ……」

圧倒的な存在感を放ち、不遜な態度で新條を陥落させた藤森。傲慢《ごうまん》なだけかと思いきや、子供のような表情を見せたり、こそばゆく感じるほどの気遣いを見せる。

奥まった漆黒の瞳が、いったい何を見据えているのか――。

新條は、怖いもの見たさにも似た興味を覚え始めていた。

その後、一時間ほどぼんやりと過ごし、新條は約束より少し早く藤森の部屋を訪ねた。

「身体はええんか?」

藤森がいやらしい目つきで新條の腰のあたりを見つめて揶揄う。

「余計なお世話だ。だいたい……誰のせいだと思ってる」

ムッとして言い返すと、藤森が嬉《うれ》しそうに破顔した。

「俺やな、うん。悪かった」

悪びれることなく言って、そのまま新條を続きの間へ促す。

「今日からしばらくは、ここにある本と書類に目ぇ通してもらう」

もとは二間続きの和室だったのだろう。奥の間には壁一面に書棚が置かれ、畳の上にまで本が溢れ返っていた。

「言うとくけど、後でテストするからな。しっかり読んで理解して、アンタなりの考えを聞かせてもらう」

山積みにされた書籍は経済や金融に関するものから、『星の王子さま』まであった。

「これ、全部か?」

「時間はたっぷりある。どうせ他にやることもないんや。しっかりお勉強せえ」

藤森の鶴のひと声で、新條は夏休みの宿題に追われる小学生のような日々を送ることになったのだった。

朝は六時に叩き起こされ、庭でラジオ体操をし、シャワーを浴びて結城の作った朝食を食べて一日が始まる。

朝食後から夕飯前までなら、書斎にはいつでも来てよいと藤森から言われていた。

その藤森は、新條を離れに残し、結城と連れ立って毎日どこかへ出かけていく。行き先を訊ねても、「まだアンタは知らんでええ」と相手にもされなかった。

こんなに本を読むのは、何年ぶりだろうか……。

今日も藤森は昼前から出ていて、新條は他にやることもなく書斎に籠っていた。

松代の厚意で大学を卒業したといっても、新條は三流私大の文学部を出ただけで、経済や金融に関しては聞き齧《かじ》り程度でまともに学んだことがない。

松代組ではシノギの現場よりも関東闘神会関係の渉外の仕事を任されていたので、不動産会社の実務にはほとんど携わっていなかった。

しかし、決して興味がないわけではない。

実際、藤森に「目を通せ」と言われたときは反発を覚えたのに、こうして時間が許す限り書斎に入り浸っている。

世の中でどういうふうに金が動き、人が流れ、社会が成り立っているのか。

今の時代、ヤクザといえども、日本だけでなく世界中にまで視野を広げなければ、さらなる発展など望めないと思い知らされる。

こんなことなら、松代から大学進学を勧められたとき、もっと真剣に考え、経営や金融について学んでおけばよかった。今さら後悔しても仕方がないが、新條はそう思わずにいられない。

自分の身のまわりのことにしか関心がなかった新條にとって、藤森の書斎で得られる知識や経験は、今まで生きてきた中でも感じたことのない刺激だった。

「……皆、無事でいるだろうか」

塩野七生《しおのななみ》の『ユリウス・カエサル』を読み終えて、新條はごろりと畳に横になる。

松代は本当にちゃんとした病院で治療を受けさせてもらっているのだろうか。

何度か藤森に問い質したが、素気なくあしらわれるだけだった。

パソコンでもあってインターネット環境が整っていれば、まだ調べようもあるのだが、この離れにはパソコンどころか固定電話すら置かれていない。

一度、渡り廊下を渡って母屋へ行こうとしたが、すぐに田渡組の若い衆に見咎《みとが》められ、離れから出るなと恫喝《どうかつ》されてしまった。以来、新條はおとなしく軟禁され続けている。

「なんや、暇そうやな」

隣室との間を仕切っている襖《ふすま》が乱暴に開け放たれ、藤森が横柄な態度で新條の顔を覗《のぞ》き込んだ。

「あらかた、読み終えたからな」

この離れで暮らし始めて、一週間が過ぎていた。

そのうち田渡に会えるかと思っていたが、その姿をちらりと見かけることもないまま、日々は無情に過ぎていくばかりだ。

「身体の調子もよさそうやないか。最近、飯の量も増えとるみたいやし」

全身に残っていた凌辱の痕はきれいに消え、尻の痛みもすっかり引いている。藤森は初日に新條を犯して以来、一切身体を求めるようなことはしなかった。

「こんなところに閉じ込めて、飯を食わせて本ばかり読ませて、俺を太らせて売り捌《さば》くつもりか？」

「アンタでも冗談言うんやな」

嫌みのつもりが、藤森が楽しそうに笑う。

「……知るかっ」

却って自分が馬鹿みたいに思えて、新條は悪態を吐いた。

「ほな、そろそろ、外に出てみるか？」

それは、突然だった。

「は――？」

あまりにも突然過ぎて、新條は一瞬、藤森に何を言われたのか理解できなかった。

「お勉強が済んだみたいやから、テスト……というか実践やな」

「実……践？」

金融や経済、また法律関係ばかりでなく、大衆小説から古典文学まで読まされた上で、実践でテストを行うと言われても、新條は首を傾げるほかなかった。

「心配せんでも、難しいことさせるつもりはない」

何がそんなにおかしいのか、藤森がニヤニヤと口端を上げて新條を見つめる。

「何をさせるつもりだ」

藤森の正面にすっくと立つと、新條は眼鏡のブリッジを中指で押し上げた。

「アンタが気にすることやない」

「また、それか」

いい加減、腹も立つというものだ。

藤森はくだらないことはどんどん掘り下げて話して聞かせるくせに、新條が本当に知りたいことには一切答えようとしない。

生活をともにし、軟禁された被害者ということを除けば、新條は藤森といい共同生活を送れていると思っていた。他愛《たわい》のない世間話をすれば予想外に話も合うし、価値観が似ている部分もあると気づかされる。

少しはその胸の内を明かしてくれてもいいだろうにと思ってしまうのは、自分に軟禁されている者としての自覚が足りないからだろうか。

「明日から、俺と一緒に出かけてもらう」

一方的な言葉に、当然逆らうことは許されない。

「望むところだ」

藤森が何をしようとしているのか。

自分に何を求めているのか。

この目でしっかりと見届けてやる。

このままわけも分からず好き勝手されて堪るかと、いつの間にか新條の胸に藤森への対抗意識が芽生えていた。


藤森はその夜、田渡組の若い衆数人を夕飯に招いた。

「俺が留守の間、アンタがちゃんと留守番しとるか、怪しいモンが離れに出入りせぇへんか、コイツらが警護してくれとったんや」

同じ食事の席につくよう呼ばれ、新條は若い衆の中に見覚えのある顔を見つけた。それは数日前、新條が母屋へ行こうとしたときに注意してきた男だった。

「……あ」

新條の視線に気づき、若い衆が申し訳なさそうに会釈する。髪を短く刈った側頭部に、雷のようなラインを剃《そ》り込んだ男は、笑うとまだ子供のように見えた。

「明日からはそれこそ二十四時間、ほぼ俺と一緒に行動してもらう。晴れてコイツらはお役御免、田渡組の仕事に戻ってもらうことにした。今夜は慰労会っちゅうわけや」

座卓を二つ並べた上には、結城の手料理が所狭しと並べられていた。

「田渡の爺さんにはちゃんと断ってあるから、遠慮のうやってくれ」

「ありがとうございますっ！」

威勢のいい声と同時に、宴会が始まる。

「虎徹さん、俺のビール呑んでくださいよ！」

「俺が先だって！　ほら、もう一杯！」

まるで飼い主にジャレつく仔犬《こいぬ》のように、若い衆たちが先を争って藤森のグラスにビールを注ぎにいく。

「待てや！　順番や、順番！」

藤森もとても楽しそうで、グラスに注がれるビールを次々に呑み干した。

無礼講となった広間を、サングラスをかけた結城が動き回り、空いた皿を下げては新しい料理を運んでくる。

「ほら、新條。アンタも呑めよ」

上機嫌で藤森がビールを注いでくれるのを、新條は割り切れない想いで受けた。

自分の知らない間に、藤森が田渡組の若い衆をすっかり取り込んでいたことに驚きを隠せない。同じ闘神会系とはいえ、西と東で敵対する組の若頭に対して、どうして彼らはここまで心を許せるのだろうか。

いったい、藤森虎徹という男は何者なのだろう……。

「新條、もっと呑まんかいな！　それか、なんか歌えや」

「知るか。俺は俺で勝手にやる」

「つまらんやっちゃなぁ」

藤森はすっかりご機嫌で、若い衆と一緒になって服を脱ぎ踊り出す。

「……フン。明日、二日酔いで寝込んでも知らないからな」

新條がチクリと言っても、藤森はまるで意に介さない。

「大丈夫やって、心配すんな」

宴会はその後も、新條を置き去りにしてますます盛り上がる一方だった。

翌日、藤森とともに訪れたのは、関東闘神会本部事務所だった。

かつて何度も足を運んだことのある事務所の入口で、新條は思わず足を止めてしまう。

「どないした。はよ来いや」

結城を従えた藤森が振り返る。

「分かってる」

新條はぶっきらぼうに答えたが、正直いい気はしなかった。破門された組の若頭である自分が、どの面下げてこの中へ入れるというのだろう。

「おや、奇遇……になるのかな?」

藤森と並んでエレベーターの前で待っていると、開いた扉の向こうからいきなり田渡組若頭の鶴巻が降りてきた。背後に取り巻きらしい複数の幹部を引き連れている。

「幹部会は終わりましたよ。……といっても、藤森くんには関係ありませんでしたね」

青白い顔に微笑みをたたえ丁寧な口調で鶴巻が言う。しかし、その目は少しも笑ってない。

「時間ばっかり食うて実のない会議に付き合わされて、鶴巻さんも大変やなぁ」

藤森が相変わらずの尊大さで、居並ぶ幹部たちを見据えて言う。

「あなたがいれば、山積みになった問題もあっさり片付けられるんでしょうけどね」

鶴巻は藤森の見下した態度など気にもとめない様子で、その後ろにいる新條に目を向けた。

「新條くん、きみもようやく外に出してもらえましたか。どうです、カタギの身分は?肩の荷が下りてすっきりしたでしょう?」

あからさまな嫌みに、新條は平静を装うことで応えた。蛇の目のような陰湿な瞳に見つめられるだけで、背筋に悪寒が走って仕方がない。

「鶴巻さん、そこどいてくれへんかな。人、待たしてんねん」

新條に助け舟を出すように、藤森が不快をあらわに口を挟む。

助かったと思いつつも、他所者である藤森が次期田渡組組長——ひいては次期関東闘神会会長となる可能性のある鶴巻に、こんな乱暴な口の利き方をして大丈夫なのかと不安になった。

「それは、気がつかなくて悪かったね」

鶴巻が藤森の正面に立ったまま、取り巻きたちに先に降りるよう促す。しかし、鶴巻自身は一歩も動かない。

「どちらの幹部か知りませんが、藤森くんにコンサルティングの依頼でもありましたか？」

「興味があるんやったら、鶴巻さんも特別料金でご相談にのりまっせ？」

——コンサル……ティング？

新條は首を傾げた。

「そうやって、たった一年で関西の老獪《ろうかい》な爺さんたちを丸め込んだんですか？」

「丸め込んだやなんて、人聞き悪いな」

いやらしく鶴巻が訊ねるのに、藤森が肩を竦めて戯《おど》けた表情を浮かべてみせた。

「まあ、何をするのもあなたの勝手ですが、ここは大阪とは違うということを、肝に銘じておいた方がいいですよ」

「おおきに。気ぃつけまっさ」

藤森が大袈裟《おおげさ》なくらい深くお辞儀をすると、鶴巻はやっとエレベーターから降り、取り巻きの連中とともに外へ出ていった。

「どうぞ」

エレベーターのボタンを押し続けていた結城が、すかさず藤森に乗り込むように促す。

「お前、鶴巻さんに恨まれるようなことでもしたのか？」

藤森に続いて狭い箱の中に入ると、新條は小声で訊ねた。エレベーターがすぐに上昇を始める。

「さあなぁ……。俺はただ、自分のしたいようにやってるだけや」

藤森が階層表示のボタンを見つめて答える。

「けど、アチラさんがどない思うてるかは、分からんからなぁ……」

間延びした声と同時に、エレベーターが五階に到着した。

「ええか、新條。今日はアンタは黙っとったらええ」

カツカツと靴音を響かせて前を歩く藤森に、新條は黙って頷いた。

藤森はもう鶴巻のことなど忘れているようだ。

「けどな、何を話したか、相手が何を求めてんのか、それを考えながら聞いとくんやで」

昨日、藤森が言ったとおり、これはテストなのだろうと新條は思った。そして、こんなことがこれから何度も訪れるのだろうと予想する。

「分かった」

短く答えると、藤森が肩越しに振り返り、満足げに微笑んだ。

「ここやな」

藤森が『第三会議室』と書かれたドアの前で足を止める。

まっすぐに伸びたブラックスーツの背中を見つめ、新條は深呼吸をした。

「ほな、行くで」

関西弁の軽いノリが、新條の緊張を解《ほぐ》してくれる。

「ああ」

不安も疑念も、新條の胸にはなかった。

ただ、藤森虎徹という男の真意を知るためにも、まずは期待に応えなければならないという、強い想いだけが満ちていた。

鶴巻が口にした「コンサルティング」という言葉が、まさしくすべてを物語っていたことを、新條は会議室を辞したときに深く覚《さと》った。

会議室で待ち受けていたのはまさに関東闘神会の古参幹部で、松代とも面識のある組長だった。若手勢力や一般企業に押され、フロント企業の建設会社の経営がかなり危ないという話だった。

『松代さんとこの話、対岸の火事では済まんようになってな。うちの若いモンが、ちらっと藤森組の若頭の噂を聞いてきたんだ』

新條は藤森に言われたとおり、同じテーブルにつきながらも一切口を開かなかった。

――いや、開けなかったと言った方が正しいだろう。

藤森は豊富な知識と柔軟な思考をもって、古参幹部の会社の立て直し案をいくつも提案してみせた。

田渡邸の離れであれだけの書籍を読んだというのに、藤森が展開するマネージメントの事例には、いちいち驚かされてばかりだった。

『そうです。なんも難しいこと考えんでええんですよ。順番を間違えずに見直して、ひとつずつ改善していったらええんです』

孫と祖父ほどに年の離れた相手にも、分かりやすい言葉をもって、根気よく丁寧に話す藤森の姿は、およそ関西一円に勢力をもつ暴力団の若頭とは思えなかった。

『ですけど、切らなアカンときは、スパッといってください。人も土地も道具も、切りどきさえ間違わんかったら、次の道を残してやれます』

『スパッといくのは、ワシの得意分野だよ』

『ただし、切るときは相手に納得させなあきません。これを怠ったら後々面倒なことになりかねませんから。まあ、その辺に関しても、引き続きさっちり対策練らしてもらいますんで、安心して任せてください』

『ああ、よろしく頼むよ』

『こちらこそ、今後ともお付き合いのほど、よろしゅうに――』

はじめは沈痛な面持ちだった古参幹部の顔が、話が終わる頃にはとても穏やかな好々爺《こうこうや》然としたものに変わっていた。

敵《かな》わない――。

隣に座ってメモをとりながら、新條は藤森との器の差を思い知らされた。田渡が松代組のことをすべて藤森に任せたというのも頷ける。

「さあ、新條。帰ったら一緒に復習や。アンタの意見、聞かせてもらおうやないか」

関東闘神会本部事務所から戻る車内で藤森が言ったとおり、その夜は遅くまで古参幹部の建設会社の経営好転に向けて、新條は様々な意見を述べさせられたのだった。

その日から連日、新條は藤森とともに関東のあちこちへ足を運んだ。

行き先は主に関東闘神会の幹部や準幹部、そして勢いのある若手組織の事務所や、彼らが待つホテルなどだ。

藤森は初日と同じように、各組織が抱えるフロント企業の経営難や、シノギの増収について助言や指導を行う。新條は相変わらず黙って同席するだけだったが、必死に藤森から知識や経験を得ようと努めた。

夜にはその日にコンサルティングした組織について、様々な情報を整理する。幹部や組長の経歴から始まり、関東闘神会で属する派閥や立ち位置についてなど、それこそ夜明け近くまで話をすることもあった。

それなりに体力には自信のあった新條だが、連日のハードスケジュールに、藤森についていくのがやっとだった。

東の空が白み始める頃に床に就き、何か思う間もなく眠りに落ちる。松代の身を案じることも、泰三たちのことを考える暇もまるでなかった。

新條はただ必死に、藤森にくらいついていくことで精一杯だった。


新條が田渡邸の離れに軟禁されて、一カ月あまりが過ぎていた。

長かった残暑もようやくゆるみ、蟬に代わって鈴虫の鳴き声が庭から聞こえてくる。

これだけ長い間離れで暮らしているというのに、新條はいまだに田渡の姿を見かけることすらなかった。

ただ、週に数度、鶴巻が渡り廊下やツゲの生け垣の向こうから、新條や藤森に視線を送ってくることがあった。青白い顔に常に妖しい微笑をたたえ、鶴巻は何を話しかけるでもなくこちらを見ている。

気味の悪い男だ。

鶴巻に対する新條の心証は、日に日に悪くなる一方だった。もし、松代組が今も健在で自分が跡目を継いでいたら、この男の下に仕えることになっていたかもしれないと思うとゾッとする。

だからといって、破門されてよかったなどと思うわけがない。

――どうしているだろうか。

不安そうに新條を見送った泰三や松代組の構成員たちの顔が脳裏を過った。

昨日、久し振りに藤森に松代の安否と合わせて訊ねてみたが、ニヤリと笑って「心配ないから、アンタは今自分がせなアカンことしっかりせぇ」とはぐらかされてしまった。

「まったく、何を考えているんだか……」

藤森の真意を暴こうと、行動をともにしてきたが、一向にその目が見据える未来が新條には見えてこない。

「何をブツクサ言うとんねん」

「うわ……っ」

広縁に立って庭の池の鯉《こい》を眺めていた新條の背後から、いきなり藤森が耳許に囁いた。

「馬鹿野郎！　脅かすな」

レンズ越しにキッと睨みつけるが、藤森は何もなかったように用件を切り出す。

「出かけるで。すぐに支度せえ」

「今日は休みだと言っていただろう」

この一カ月の間、関東闘神会系のほぼ半数の幹部と、系列団体の組長や若頭に会い続け、この日は久し振りに何も予定のない一日となるはずだった。

「向こうさんが急に時間空けてくれはったんや。失礼があったら困るやろ。俺は先に表に行ってるから、アンタも早う支度せえ」

「分かったから急《せ》かすな」

いつになくせっかちな藤森の様子に、新條は余ほど大物に呼び出されたのだろうと推測した。

急いで身支度を整え、母屋に渡って玄関に向かう。

あ――。

田渡組の若い衆が靴を出してくれるのを待つ間、新條は数寄屋門の陰から外を見ている鶴巻の姿を見つけた。その視線の先に、車の前で結城と話をしている藤森がいる。

「新條さん、どうぞ」

若い衆の呼ぶ声を、新條は無視した。

草陰から獲物を狙《ねら》う蛇のように佇む鶴巻から、目が離せない。

藤森は鶴巻の存在にまったく気づいていない。

「……っ！」

そのとき、新條は鶴巻の表情が醜悪に歪むのを見た。

右の口端を引き上げて陰湿な笑みを浮かべると頬の疵《きず》が引き攣り、ふだんは穏やかな顔が一気に凶悪なものへと変化する。藤森を注視する双眸は、瞬きをまったくしていなかった。

なんて目で、藤森を見るんだ――。

おぞましさに総毛立ち、冷汗が背筋を伝う。

鶴巻がそのうち、口から先の割れた長い舌を出すのではないかと思った。

「どうしたんですか、新條さん」

頭のサイドを刈り上げた若い衆が、呼びかける。

「ああ、すまない」

新條は慌てて平静を装い、靴を履いた。

門へ向かうと、まるで今そこを通りかかったというような顔で鶴巻が声をかけてくる。

「これは新條くん。今日も藤森くんとお出かけですか」

「ええ……、まあ」

先ほど目にした表情が脳裏に焼きついて、鶴巻の顔をまともに見られない。

「こら、新條！　急げ言うとんのに、何をちんたらやっとんねん！」

新條の姿を捉《とら》えた藤森が、すかさず怒鳴り声をあげる。

「どうにも私は、藤森くんに嫌われているらしい」

苦笑交じりに言って、鶴巻は背を向けた。

「新條っ！」

再び藤森に呼ばれ、新條は急いで助手席に乗り込んだ。

「鶴巻と関わるな言うたやろ」

車が走り出すと、後部座席から藤森が膨れ面を晒して文句を言う。

「藤森、あの男は……」

「口答えは許さへん。あの男は危険なんや。アンタはその辺が分かってへんみたいやからな。今後、何があっても鶴巻と話したらアカン。ええな」

一気に捲《まく》し立てると、藤森はとりつくしまもなく資料らしきファイルを読み始める。

新條は助手席から半身を捻って振り返り、藤森に呼びかけた。

「藤森、違うんだ」

自分が目にした光景を話そうとするが、藤森はまったく耳を貸してはくれない。

「……藤森」

何度呼びかけても、無視される。

新條は溜息を吐き、仕方なく前を向いた。

――藤森、お前が危ないいんだ……。

拭い切れない不安を胸に、新條はルームミラー越しに藤森を見つめていた。


目的地は、車で小一時間ばかり走った都心の外れにある、隠れ家のような料亭だった。

駐車場に停まっている車は窓にスモークが貼られた黒塗りの外車ばかりで、ひと目でこの料亭の客層が見てとれる。

まだ朝の十時前だというのに店はしっかりと暖簾《のれん》を掲げ、女将《おかみ》が直々に藤森を玄関まで迎えに出てきた。

「先方は？」

店に入るなり、藤森が鷹揚《おうよう》に訊ねる。

「十分ほど前にお越しになりました」

年増の女将が先を歩きながら、俯《うつむ》いて答えた。

秋風が庭の木々を揺らす音だけが聞こえる中を、新條は藤森の背中を見つめて歩く。

「こちらでございます」

広大な敷地に点在する離れのうちのひとつの前で、女将が恭しくお辞儀をした。

新條の心臓が、人知れずトクリと高鳴る。誰が待っているのか、結局藤森は教えてくれなかった。

順に靴を脱いで上がり、奥へ向かう。

入口に紅葉《もみじ》の枝がひと差し飾られた襖の前で、藤森が足を止めて膝をついた。新條と結城も後に従う。

「藤森です」

藤森が期待の漲《みなぎ》った表情で襖の向こうへ声をかけた。

「どうぞ」

短く応える声に、藤森は小さく頷いて襖を開け、もう一度手をついて頭を下げると「失礼します」と言って中へ進み入る。

これまで闘神会系の幹部たちと会ってきたときと、明らかに態度の異なる藤森の姿に、新條の緊張が一気に高まった。なんとか心を落ち着け、藤森に倣って手をついてから中へ入る。結城は部屋の外で待機するようで、新條たちが中へ入るとそっと襖を閉めた。

「……っ」

十六畳ほどの広さの和室は寂として、端から端まで整然と居並んだ男たちのギラギラとした殺気ばかりが漲っていた。

全身の毛穴が開く感覚に、新條は思わず拳を握りしめる。

「お待たせしてしもたみたいですね」

下座に用意されていた座布団の手前に正座して、藤森が愛想笑いを浮かべた。新條が居心地の悪さに胃を軋ませているというのに、藤森はふだんと変わらぬ余裕をたたえている。

「いや、時間どおりだろう」

藤森の視線の先には、四十半ばぐらいに見える美丈夫がいた。

「それにしても、極秘の会見や言うたわりには、仰々しいことで」

上座の男に促され、藤森が座布団に腰を落ち着ける。新條も遅れて座布団に正座した。

「俺はひとりで構わないと言ったんだがな。こいつらがどうしてもと言って聞かなかったんだ。小心者だと嗤《わら》ってくれて構わない」

美丈夫がそう言いながら、男らしい眉をやんわりと下げてみせる。途端に、恐ろしいほどの色香が全身から溢れ、新條は思わず目を瞠った。

「そりゃ、仕方ありませんやろ。伊舘《いだて》組のトップともなれば、誰がいつ、どんな形で生命狙ってきよるか、分かれへんやろし」

「え……」

藤森の半ば揶揄うような言葉を耳にして、新條ははじめて目の前の美丈夫が全国規模の勢力を誇る伊舘組の組長・賀来瑛士《かくえいじ》だと知った。

闘神会からしてみれば、目の上のたんこぶ的な存在である伊舘組のトップと、急進勢力ではあるが、藤森組のまだ若頭でしかない藤森が、何故このような場を持っているのか、新條には想像すらできない。

「おまけに、相手が海のモンとも山のモンともつかん、ポッと出の若造なんやから、賀来さんのまわりのお人が警戒するんも当然ですやろ」

「さすがに大阪の人間は、口がよく回るな」

「えろう、おおきに」

賀来が面白そうに言うのに、新條も同じ気持ちだった。この四面楚歌《しめんそか》の状況で緊張もせず、ふざけているとも受け取られかねない口調でよく話せるものだと感心する。

「ほな改めまして……藤森組若頭を務めさせてもろうてます、藤森虎轍です」

鷹揚な態度で自己紹介する藤森に、賀来が興味津々といった様子で瞳を輝かせる。

「賀来だ」

賀来が微笑みをたたえて名乗り、藤森の横に並ぶ新條へ訝《いぶか》しむ視線を向けた。

「そっちの優男は?」

藤森がにやりと笑い、そして、新條に挨拶《あいさつ》しろと目で促す。

新條は「優男」と言われたことに、迂闊《うかつ》にもムッとしてしまったことに気づき、咄嗟に手をついて頭を下げた。

「挨拶が遅れました。……も、元松代組の――」

「若頭補佐の新條竜也といいます」

新條の名乗りを遮って、藤森が横槍《よこやり》を入れる。

「な、何を言って――」

耳を疑うどころの話ではない。

「まだいろいろ仕込み中で、礼儀がなってへんのは勘弁したってください」

「ふ……藤森、貴様っ」

わなわなと全身を震わせる新條に、藤森がそっと片目を瞑ってみせた。

「ええから、黙っとけ。口答えは許さん言うたやろ」

「……っ」

新條は口惜しさとも惨めさとも違う、遣り切れない気持ちで唇を噛みしめた。

新條が黙ると同時に、藤森が再び口を開く。

「まだまだ未熟モンですけど、新條には今後、俺の右腕となって働いてもらおう思うてます。どうぞ、お見知りおきを……」

——え？

慇懃《いんぎん》に畳へ頭を擦りつける藤森を見つめ、新條は啞然となった。

藤森が頭を下げたまま ちらりと目線を寄越し、「アンタも頭下げんかい」と口を動かす。

我に返った新條は、慌てて同じように平伏した。

「よっ……よろしくお願いいたします！」

全身に汗が噴き出す。思考がまとまらず、口から心臓が出そうな気がした。

「二人とも、頭を上げてくれないか」

賀来が低くよくとおる声で言ってくれるのに、新條は藤森に合わせて顔を上げる。

「こない朝早うから時間とってもらって、ホンマにありがとうございます」

藤森が礼を述べると、賀来が茶を啜って意味深な笑みを浮かべた。

「関西の虎《とら》と呼ばれる藤森組若頭の噂は、俺のところにも届いているからな。たった一年で関西闘神会の派閥をまとめ、目を瞠るほどの収益をあげた手腕が気にならないわけがないだろう」

なんだ……と？

新條は再び目を瞠った。そして、背筋をピンと伸ばし、居並ぶ男たちのプレッシャーにも一切怯《ひる》まず、余裕の笑みをたたえる藤森の横顔をまじまじと見つめる。

関西闘神会会長藤森組の若頭を藤森が襲名したのは、およそ一年前のことだ。闘神会系列の会報誌にもその記事が載っていた。

　しかし、その頃にはすでに松代組は火の車で、新條はそれ以上、藤森に関する情報を一切見たり聞いたりすることがなかった。余裕がなかったのだ。

「一度、会って話がしたいと思っていたんだ」

「光栄でんな」

　藤森はあくまでも態度を崩さない。

「それで、用件はなんだ？」

　賀来もまた、どっしりと落ち着いた佇まいで藤森に問いかける。

「その前に、もっと近くに寄らせてもらえませんやろか？」

　藤森の申し出に、強面の男たちが殺気立つ。

「テメェッ……」

　藤森のすぐ傍にいた男が膝を立てて声を荒らげるのに、新條も咄嗟に身を乗り出そうとした。

「やめないか」

　だが、賀来のひと声が男たちを押し止《とど》めた。

「新條、アンタも余計な気ぃ回さんでええ」

　わずかに腰を浮かせていた新條に、藤森が小声で告げた。

「これ以上、俺に恥の上塗りをさせるな。だいたい、こうも離れていては、話を聞くにも本意を計りかねる。膝を突き合わせて、じっくり聞かせてもらおうじゃないか」

賀来に異を唱える者はひとりもいない。

「ほな、遠慮なく」

すかさず藤森がそう言って、座布団を手に賀来の目の前に進んだ。新條もおずおずと従う。

「水も滴る……っちゅうんは、賀来さんみたいな男のことを言うんやろな」

賀来のすぐ目の前にどっかと腰を下ろして、藤森がわざとらしく言った。

新條はもう、藤森を諫《いさ》める余裕もない。

「回りくどい話は嫌いだ。単刀直入に聞こうじゃないか」

「それは、こちらとしても有り難いですわ。なんせ大阪人はせっかちなんでね」

この場にいる人間でニコニコしているのは藤森と賀来だけで、新條や伊舘組の男たちは表情を強張らせたまま、ただ話を聞いているだけだった。

「最初に断っときますけど、これからする話はあくまでも俺の勝手な推測によるもんですから、もしどこか間違っとるようでしたら、きちんと訂正してください」

藤森はそう言うと、小さく咳払《せきばら》いをした。

「伊舘組さんは一昨年に先代が亡くなられてから、フロント企業の全国展開を縮小の方向に軌道修正してはります。しかも、西日本方面に関しては、ほとんど撤退と言うてもええくらいに……」

賀来が四代目となってから、伊舘組が分散していた地方勢力を関東圏に集中させる動きがあることは新條も知っていた。

賀来が黙って頷くと、藤森が表情を引き締めた。

「そこで、提案があります」

藤森が賀来と居並んだ男たちへ一瞥《いちべつ》を与える。

「関西撤退の際に出た不良債権、全部買い取らしてもらえませんやろか」

一瞬、場がざわついた。

新條も、藤森の思惑を計りかねていた。

「言っておくが、手許に残っている不良債権は、本当に搾りカスみたいなものだぞ」

「分かってます。せやから余計、伊舘組さんには悪い話やないはずです」

賀来と藤森の視線が絡み合う。誰も口を挟めない雰囲気が漂っていた。

「美味い話には裏があるというだろう？」

数秒の沈黙の後、賀来が身を乗り出すようにして藤森を睨みつけた。

「気に障りましたか？」

「いいや、面白いと思って聞いている」

藤森は少しも臆《おく》する様子がない。

新條は息苦しさを覚えつつ、藤森の隣で事の成り行きを黙って見守るしかなかった。

「今後も生き残っていくためには、ヤクザといえど、もうちょい現実的にならなアカンということです。近頃はカタギの人間の方がえげつのうなってますしねぇ。脅し賺《すか》しでどないかなってきた時代はとうの昔に終わってる。賀来さんもよう分かってるはずや」

「容赦ないな、関西の虎は」

賀来がはじめて、険しい表情を浮かべた。

「まあ、そういうわけで、美味い話の裏のことですけど……」

藤森が切り出そうとしたとき、不意に賀来が英語で質問を投げかけてきた。

「Is it true that you acquired MBA at an American university?（アメリカの大学でMBAを取得したというのは本当か？）」

突然のことに、その場にいた全員がぎょっとなる。

しかし藤森だけは平然として、流暢《りゅうちょう》な英語で賀来の質問に答えた。

「Yes. When I was in my teens, over the United States, I studied in the University of Texas at Austin.（ホンマですよ。十代のときにアメリカに渡って、テキサス大学オースティン校で学びましてん）」

いったい、藤森には何度驚かされればいいのだろう。新條はぽかんと口を開けたまま、

賀来と英語で話し続ける藤森に目を奪われていた。ヤクザ丸出しの関西弁で話しているふだんの姿とまるで別人だ。

『賀来さんの英語もなかなかのモンやないですか』

『きみに褒められても嬉しくないがな』

一応は文学部を卒業して、日常会話程度ならなんとか話せるつもりでいた新條だが、ネイティブと遜色《そんしょく》ない発音とスピードで話す二人の会話は、いくつかの単語や言葉尻を聞き取るのが精一杯だった。

『それで、そちらの条件はなんだ？』

賀来は英語で話しとおすつもりらしく、藤森もそれに従う。

新條は必死に耳を澄ました。

『田渡組系松代組のシマに隣接してる伊舘組さんの土地やらイロイロありますやろ。アレを査定額の一・五倍の価格で買い取らしてもらいたいんですわ』

瞬時に、賀来が難しい顔をした。その様子から、藤森の提案が伊舘組にとって、決して悪くはないが簡単に呑めるものでもないのだと新條は予想した。

『一応訊《き》いておくが、反対に……こちらが松代組の土地を買うというのは？』

二人が「松代」という単語を発するたび、新條は息を詰まらせた。土地がどうの……と聞こえるが、藤森はいったいどんな提案をしたのかとますます疑念が膨らむ。

『さすがに無理ですわ。あそこの土地だけは死んでも守るて、松代のおやっさんと約束してるんでねえ』

再び藤森が「松代」と口にするのに、新條はどうにも落ち着かない。

『ぶっちゃけあの辺の再開発、住民の立ち退《の》きが上手いことといかんで、計画自体が宙ぶらりんになってますやん。何も更地にして寄越せなんて言わんし、悪い話やないと思いますけど？』

藤森が自信たっぷりに賀来を見据えた。

『条件が気に食わん言わはるんやったら、もうちょっとだけ、譲歩してもええですよ』

賀来が訝しむように目を眇め、口を噤《つぐ》む。

『しゃあないなぁ……。ほな、事業計画書もお見せしましょか？』

しばらく間をおいて、藤森が携えていた封筒を差し出す。当然、新條は封筒の中身を知らされていない。

賀来が片眉を上げて封筒を受け取った。

『こっちの手の内、全部晒しますんや。ええ返事もらわんと、このまま黙って帰るわけにはいきません』

賀来が封筒の中から書類を取り出すのを見つめながら、藤森が決意を告げる。

「……おい」

賀来が両目を見開き、日本語で訊ねる。

「これは……信用できるものなのか？」

「なんやったら、ここで指の一本でも置いていきまひょか？」

藤森が胸を張り、小指を立てて笑った。

「面白い男だな」

賀来がおかしそうに笑って、書類を封筒にしまう。

「なるべく近いうちに、手続きできるよう手配するとしよう」

「おおきに。ホンマ助かります」

藤森が屈託のない笑みを浮かべて深々と頭を下げ、賀来との面談は終了したのだった。

結局、何が行われたのか分からないまま、新條は最初に自己紹介をしただけで、終始置物のように座っているだけだった。これでは自分がついてきた意味はないのと同じだと、藤森に対して無性に腹が立って仕方がない。

「ほな、帰ろか」

賀来たち伊舘組の一行を見送ると、藤森はさっさと車に乗り込んだ。

新條が後を追って後部座席に乗り込むと、結城がすぐに車を発進させる。

「おい、賀来と何を話したんだ？　どうして勝手に俺をお前の補佐だなんて言った。さっきの書類には何が書いてある？」

息つく間もなく質問を浴びせかける新條を、藤森が面倒臭そうな顔で睨んだ。

「そんないっぺんに訊かれても、何から答えたらええか……ふわぁ……」

藤森は大欠伸《あくび》をすると「三十分でええから、ちょっと寝かしてくれ」と言って瞼《まぶた》を閉じてしまう。

「おい、ふざけるな！　藤森っ！」

新條が激しく肩を揺するが、藤森はすぐに寝息を立て始めた。

「クソッ……」

一カ月あまり一緒に生活を送る中で、藤森が一度眠るとなかなか目を覚まさないと新條は知っていた。そのくせ、決めた時間になると機械仕掛けのようにスッと目を覚ます。

やがて車は首都高速に入ると、渋滞にはまってノロノロとしか進まなくなった。

「ふぁ……」

「起きたか。さっさと俺の質問に答えろ」

予告どおり三十分きっかりで目を覚ました藤森を、新條は容赦なく問い詰める。

「……まあ、アンタもよう頑張ってるし、そろそろ種明かししたっても構へんやろ」

欠伸を嚙み殺しながら呟くと、藤森がシートに身体を預けてニタリと笑った。

「アンタが俺の補佐っちゅうのは、別に嘘やない」

「は……？」

何を言っているんだ――と、新條は訝しむ。

新條が疑念に満ちた目で見つめるのに、藤森の瞳が不敵に光った。

「松代のおやっさんはアンタに組を譲る気なんか、最初からなかったんや。自分の代で松代組を解散して、組のモンはカタギに戻すつもりでいはった。上納金の滞納っちゅうんは、体のいい言い訳みたいなモンで、松代組の破門解散はおやっさんの意思や」

「――っ」

それは新條にとって、あまりにも想定外の言葉だった。驚きのあまり、声も出ない。ただただ眼鏡の奥の瞳を大きく見開き、何度も突きつけられた言葉を反芻《はんすう》する。

「アンタに墨入れさせへんかったんも、カタギの世界で生き辛うさせんためやろうな」

「……う、嘘だ」

握りしめた拳が震え、怒りにも似た感情が沸々《ふつふつ》と湧《わ》きあがった。自分の与《あずか》り知らないところで事が運んでいたのだと知り、新條は歯痒さと惨めな想いにうち拉がれる。

「嘘やと思うんやったら、勝手に思うとけ。けどな、すぐに現実やってアンタも思い知ることになる」

「な、何を……意味の分からないことをっ」

「言うたやろ、アンタは俺のモンやって。世の中の面白いモン、見せたる……て。とにかく、これからアンタには俺の補佐としてきっちり仕事してもらうから、そのつもりでおってくれな困るんや」

ただ狼狽《うろた》えるばかりで、新條は藤森の言葉に反応すらできない。

「俺をがっかりさせんなや、新條。これだけ言うても、まだ察しがつかんか？」

藤森がゆっくり身体を起こし、隣席へ腕を伸ばしてきた。そして、小さく唇を戦慄《わなな》かせる新條の顎を捕らえ、レンズ越しに瞳を覗き込む。

「この一カ月、俺がなんのためにアンタをアチコチ連れて回ったと思うてるんや？　なあ、分かるやろ？　どない周到に手回ししたとしても、組織の節目には何かと隙ができる。そこを賀来みたいな遣り手につけ入られたら、いくら俺でも太刀打ちできへん。この先スムーズに計画を進めるためにも、しばらくの間は面倒は起こしとうない。せやから伊舘組に協定を申し入れたんや」

「協定の、申し入れを……？」

「ちょっとばかり出費が嵩《かさ》んでしもたけどな」

悪戯《いたずら》っぽく笑う藤森を、新條は目を瞠る想いで見つめた。

ありとあらゆる知識を得よと、ジャンル問わず本を読めと命じられ、それが終わると、連日のように関東闘神会幹部や古参組長たちとの面会に立ち会わされた。

『こちらこそ、今後ともお付き合いのほど、よろしゅうに——』

新條は関東闘神会の幹部たちと藤森が交わした会話を、ひとつひとつ確かめる。

不遜な藤森が、営業スマイルを浮かべて告げた言葉の裏には、もっと深い意味があったのではないか。

やがて新條は、ひとつの結論に辿《たど》り着く。

だがそれは、一番あり得ないと思われたものだった。

藤森はコンサルティングに託《かこつ》けて、関東闘神会の幹部たちから今後の支援を取りつけていたのだとしたら……。

「まさか……」

関西闘神会のトップ組織の若頭である藤森が、危険と隣り合わせともいえる活動を精力的にこなす理由を考えたとき、新條は導き出された答えに戦慄《せんりつ》を覚えずにいられなかった。

「その、まさかや」

藤森の漆黒の瞳が、新條をまっすぐに見つめる。

その瞬間、海の底よりも深い闇色の瞳に魅入られたかのように、新條の中で何かが大きく震えて弾けた。

それは、冷静な中にも激しく、まるで欲情にも似た感情――。

「……藤森っ」

他に何も言葉が浮かばない。

ゾクリと身体の奥まった部分に生まれた感情が肌を粟立《あわだ》たせ、激しい劣情を呼び起こす。

「……こんなっ」

勃起するのではないかと思えるほどの衝動に、新條は思わず喉を鳴らした。

「こんな、大それたことをして……無事でいられると思っているのか？」

「せやからアンタには、関東藤森組組長補佐として、俺の傍で働いてもらう言うてんのや」

予期せぬ台詞《せりふ》に、新條の胸が張り裂けんばかりに震える。

「関東……藤森ぐ……み？」

藤森がコクリと頷く。

「今、話できるんはココまでや。聞いたからには、今まで以上に働いてもらうし、死ぬまで離れられへんと思っとけよ」

新條の顋を捕らえた指先に、グッと力が込められる。

「馬鹿にするな」

上目遣いに睨みつけて、新條は藤森の手を思いきり叩いてやった。

「痛ァ……ッ！　何すんねん、阿呆っ！」

まるで大きな子供だ――。

「隙を見せるからだ」

今にも溢れ出しそうな衝動を懸命に抑え込み、素っ気なく背を向ける。

頬がゆるんで仕方がない。

松代のもとでは得られなかったものが、この男――藤森のもとでなら得られそうな気がしてならなかった。


渋滞のせいで、予定よりも一時間近く田渡邸に戻るのが遅れていた。

「それにしても、見事な英語だったな。アメリカに留学してMBA取得だなんて、その辺のヤクザにはまずいないだろう」

田渡邸の長い塀に沿った道を車がゆっくりと走る。

「ハーバードとかスタンフォードやないところが、ちょっとカッコ悪いやろ?」

藤森が恥ずかしそうに言うが、新條にしてみればもの凄《すご》いことに変わりはない。十三歳で渡米して勉学に励み、飛び級を繰り返して有名大学に進学したというだけでも充分自慢になるだろう。その上、トップクラスの成績でMBAを取得したとなれば、下手な謙遜《けんそん》は嫌みでしかなかった。

「……なんや、騒がしぃないか?」

すっかり見慣れた数寄屋門が見えてきたとき、藤森が異変に気づいた。

言われて新條も目をやると、数寄屋門の前に四、五人の若い衆が殺気立った顔で周囲を警戒している。

防犯カメラと赤外線センサーで警備対策がなされているため、ふだん門前に警備の人間など置いていないことから、新條もすぐに不穏な気配を感じた。

「行くで」

結城が門の手前で車を停車させると、すかさず藤森が飛び出す。新條も無言で続いた。

「どないしたんや！」

見覚えのある若い衆の姿を認めるなり藤森が叫んだ。

「藤森さんっ！　た、大変です」

常に冷静でいるようにと躾《しつけ》が行き届いているはずの若い衆が、目を真っ赤に腫らして駆け寄ってくる。見れば邸内も騒然としている様子だ。

「落ち着け、何があったんや？」

藤森が宥めるように訊ねるのに、若い衆は唇を震わせるばかりで要領を得ない。

「……の腕が、腕がっ！」

泣き崩れる若い衆を他の者に任せ、新條は藤森と田渡邸の母屋へ急いだ。

その夜、新條は離れの広縁に藤森と並んで座っていた。

「命は取り留めたんだ。それだけでも、よしとすべきだろう」

田渡組の若い衆のひとりが、街中で何者かによって両手首を切断されたのだ。犯人の行方は杳《よう》として知れず、日中に起こった事件のため警察沙汰《ざた》にもなり、暴力団同士の抗争ではないかと全国のニュースでも取り上げられた。

「……俺に対する、見せしめや」

がっくりと項垂《うなだ》れ、藤森が呟く。

被害に遭ったのは、離れを警護していた側頭部にラインを入れた若い衆だった。切り落とされた右手首の掌《てのひら》に、藤森組の代紋に似せた切り傷があったという。

「完璧《かんぺき》に……進めてきたつもりやったのにな……」

自分のせいで無関係な人間が犠牲になったことに、藤森は酷く落ち込んでいた。

日頃の不遜な態度からは想像できない憔悴《しょうすい》ぶりに、新條もかける言葉が見つからない。

離れで慰労会をした夜の若い衆のはしゃぎぶりを思い起こすと目に涙が滲む。

「……なあ、新條」

声こそ漏らしはしないが、藤森の瞳からは涸《か》れることを知らない泉のように、涙が溢れ続けている。

「なんだ」

膝を抱えて蹲《うずくま》る藤森の背中が、まるで幼い子供のように頼りなく映った。

「それでも俺は、よう立ち止まらんのや」

「ああ」

丸くなった背中に、新條はそっと腕を伸ばした。

「アイツのためにも、俺は前に進むしかない思うてる――」

庭の池に映った下弦の月を見つめ、藤森が決意を新たにする。

新條は黙ったまま、藤森の肩を抱いてやった。

一瞬、触れた肩が吃驚《びっくり》したように跳ねる。

しかし、藤森はすぐに緊張を解き「みっともないなぁ、俺……」と自嘲した。

小さく震える肩を撫でながら、新條はふと既視感を覚える。

以前にも、似たようなことがあった気がする。

何か言ってやりたいと思うのに何も言えず、小さく頼りない肩をひたすら撫で続けた記憶が脳裏に浮かんだ。

あれは、いつのことだったろうか。

藤森の肩を抱いたまま記憶を手繰るが、結局、何も思い出せなかった。

順調なだけではない道程を、それでも藤森は躊躇《ためら》わずに歩み、進んでいく。

新條は迷いのないまっすぐな背中を、懸命になって追いかけた。

伊舘組との協定が密《ひそ》かに結ばれた後も、藤森は精力的に様々な組織へ働きかけ続け、関東闘神会系の敵対組織にまで自ら乗り込むことがあった。

またどういった繋がりがあるのか、一般企業へコンサルティング講師として出向くこともあって、いまだに新條は藤森に驚かされ続けている。

やがて松代組の破門を言い渡されて三カ月が過ぎ、季節は晩秋へと移り変わっていた。

「まあ、門前払い喰らったトコもあったけど、追々、上手く取り込んだらええし」

概《おおむ》ね、目的としていた組織への挨拶回りを終え、藤森は手応えを感じているようだった。

それは、新條も同じだ。夏の頃は鞄《かばん》持ちのように、ただ藤森について回るだけだったのが、今では藤森から意見を求められることも増えている。

毎日がめまぐるしく過ぎていくが、辛くはない。

それどころか、日々を充実して過ごせる喜びを新條は噛みしめていた。

今までは一日がとても長く、朝日が昇るたびに億劫《おっくう》に感じていたのが、藤森と出会い、強制的に生活や行動をともにするうちに、毎日がとても刺激的に感じられるようになった。

そして藤森に対しても、新條はすっかり認識を改めていた。

不遜な自信家だが、それは努力と経験の上に成り立っていると分かった今、藤森虎徹という男は新條にとって目標でありライバル的な存在となっている。

何よりも、藤森がときおり見せる子供のような態度や、周囲への思いやりを目の当たりにするにつけ、藤森個人に惹《ひ》かれつつある自分を自覚していた。

男として、人間として、藤森にどうしようもなく惹かれている――。

認めたくはなかったが、新條にとってそれは紛れもない真実だ。

『俺とおったら、生きてんのが楽しいてしゃあないって、そうなるで？　約束したる』

藤森は言葉どおり、新條に生きることの楽しさを教えてくれている。

それが嬉しいと思うと同時に、新條は申し訳なさも感じていた。

――どうしているだろうか。

松代や泰三たちのことを忘れている時間が長くなっていた。

破門が時間の問題だったとはいえ、松代組に引導を渡したのは藤森だ。憎むべき男のはずなのに、新條は藤森と同じ道を歩みたいという想いが強くなっている。

自分が裏切り者のような気がして、罪の意識すら覚えることがあった。

松代組こそが、生きる理由だったはずなのに――。

その夜、新條は早々に布団に入った。

一時期に比べると出かける日数は減っていたが、藤森にアレコレ仕事を押しつけられるので、毎日忙しいことに変わりはない。

いつもなら、心地よい疲労感に浸りながらすぐ深い眠りに落ちるのに、今夜に限って不思議と目が冴えて眠れなかった。結局、午前一時過ぎまで本を読んでも睡魔が訪れることはなく、新條は諦めて目だけ閉じることにした。

秋に若い衆が襲われて以来、田渡組では本宅や事務所は勿論、田渡組が経営する店などの警備を強化していた。藤森と新條が暮らす離れにも、十数分おきに若い衆が見回りにやってくる。

見回りのかすかな足音以外、田渡邸は夜の静寂に包まれていた。

ようやくウトウトし始めたとき、それまで聞こえていた見回りの者とは、まるで異なる足音が、新條の薄れかけていた意識を引き戻した。

……なんだ？

そっと起き上がり、布団から抜け出す。気配を悟られぬよう障子に寄り添って息を潜め、新條は部屋の外へ耳を澄ました。

ミシリ、ミシリ……と、広縁を踏みしめる音がしたかと思うと、不意にピタリと止まる。

森閑と静まり返る中、新條は胸騒ぎを覚えた。

勘違いでなければ、怪しい足音が止まったのは、藤森の部屋の前ではないだろうか。

「おい……冗談じゃないぞ」

小さく呟いた新條の耳に、障子戸を静かに開こうとする音が聞こえた。

「藤森ぃ――っ！」

叫んだのが先か、部屋を飛び出したのが先か、新條にも分からない。気がついたときには広縁の板を蹴って、藤森の部屋の前に立つ人影に飛びかかっていた。

次の瞬間、続けざまに銃声が二発邸内に轟《とどろ》き、新條は左の肩と脇腹《わきばら》に焼けるような痛みを覚えてその場に蹲った。

「ぐっ……ぅあっ」

「し……新條っ！」

藤森が血相を変えて部屋から飛び出してきて、新條の身体を抱きかかえる。

どこからともなく結城が現れ、驚くほどの俊敏さで、庭に飛び降り逃げ出そうとした男を取り押さえた。

「藤……もりっ」

結城が男の腕を捻り上げるのを見届け、新條はホッと溜息を吐く。

「おいっ、新條！　大丈夫か……っ」

視界が赤いセロファンで覆われたようになって、怒りと不安に歪んだ藤森の顔が真っ赤に見える。

「っ……ぉま……に怪我《けが》……く……てよか……っ」

喉かどこかに穴が開いたかのように、息が漏れて上手く話せない。

「ええから……ええから黙っとれっ！　すぐ……病院連れていったるからなっ！」

藤森の瞳に涙が溢れている。

新條はそれを見て「泣くなよ、みっともない」と、笑って言った――つもりだった。

だが実際には声が出ず、自分が笑えているかも分からなかった。

「藤森くん」

遠くから、鶴巻の湿った声が聞こえる。

――ああ、月末の……定例報告に来て、そのまま……。

青白い顔と爬虫類のような目を思い出し、新條は嘔吐《おうと》感を覚えた。

周囲が途端に騒がしくなり、田渡組の若い衆たちが次々に得物を手に集まってくる。

「虎徹……っ」

新條はぼやけた視界に恰幅《かっぷく》のよい老人――田渡組組長の姿を認めた。

「おい、爺さん！　ここのセキュリティはどないなっとんねんっ！」

藤森が新條を抱いて傷口を手で強く押さえながら激昂《げっこう》して叫ぶ。

「すまん、虎徹。病院の手配はすぐにさせた。今しばらく待ってくれ」

「そんなコト言うてんと違うんじゃ！　ええっ？　天下の田渡組が、こない簡単に侵入許して発砲までさせとんねんぞ！　どない落とし前つけてくれんねんっ！」

――そんなに、喚くなよ……藤森。

藤森が唾を飛ばして叫ぶたび、新條の身体に激痛が走る。

「コイツの身に何かあってみぃ！　爺さんだけやない、この場におるモン皆殺しにしたるからなっ！」

――馬鹿野郎……。藤森虎徹ともあろう男が、恥ずかしいことを言うな……。

藤森らしくない余裕のない姿や態度に、新條はどうしようもなく胸が熱くなった。

「先を急ぎ過ぎた代償でしょう。勢いは大事ですが、こういう手合いへの対応をしっかりしておくべきでしたね」

庭から鶴巻の声が聞こえた。尋常ならざる雰囲気の中、抑揚のない声が妙によくとおる。

「この男、ウチの傘下の若い衆ですよ。およそ……藤森くんが田渡組を乗っ取ろうとしているとでも思ったんでしょう。浅はかな人間の考えそうなことです」

息が苦しい。喉が渇く。身体のどこが痛いのかも分からない。

けれど新條は、鶴巻に対する激しい嫌悪感だけははっきりと感じていた。

あんな男に、藤森が成そうとしていることをとやかく言われたくはない。

強烈な痛みを凌駕《りょうが》する怒りが、新條の意識を繋ぎ止めた。

「悪い芽は、すぐに摘《つ》むべきです」

「言われんでも、分かってるっ！」

藤森が苛立《いらだ》たしげに言い返す。

「では、摘んでおくとしましょうか」

鶴巻がそう言って、どこに隠し持っていたのか匕首《あいくち》を掲げてみせた。その足許には、結城に腕を捻り上げられた男が蹲っている。

夜の闇の中、妖しく光る刃を、新條は藤森の腕に抱かれて虚《うつ》ろに見つめた。霞んだ視界にその刃だけがやけにギラギラと眩《まぶ》しく映る。

「鶴巻、待たんか……っ」

田渡が慌てた様子で制止の声をかける。

次の瞬間、鶴巻が手にした刃が一閃《いっせん》した。

――え……？

意識が朦朧《もうろう》とする中、新條は闇夜を劈《つんざ》く絶叫を聞いた。

「ぎぃああああ――っ！」

視界を染める赤よりも、より鮮やかな赤い血飛沫《ちしぶき》が上がる。

新條を撃った男が喉から血を噴き、しばらくしてドッと地面に崩れ落ちた。

「……お前、何しよんねん」

さすがの藤森も声を震わせていた。

その場にいた全員が慄然《りつぜん》とし、沈黙が漂う。

「この馬鹿ひとりのために、田渡組が責任を取らされかねないんです。言葉は悪いですが、証拠隠滅……そして見せしめですよ。これで藤森虎徹の命を狙おうなどという馬鹿は、そうそう現れないでしょう」

——この男は、何者なんだ……。

返り血を浴びてニコリと微笑む鶴巻に、新條はかつて味わったことのない恐怖を覚えた。

急激な寒さが身体を包み、意識がぶつぶつと途切れがちになっていく。

「鶴巻、勝手が過ぎるぞ」

田渡が諦めた様子で諫めるのに、鶴巻は汚れた上着を脱ぎながら平然と言い返す。

「親爺の大事なお孫さんの命を狙った男です。当然の報いじゃありませんか」

今、なんと言った？

薄れゆく意識の中、新條の胸がざわつく。

「おい、爺さん！　なんでコイツが知っとんねん！」

新條を抱いたまま藤森が膝を立てた。途端に新條の身体に激痛が走る。

「すまん、虎徹。西のモンであるお前を迎え入れるにあたって、鶴巻にだけは事情を話さんわけにはいかんかった」

田渡の声が、新條の耳には壁を一枚隔てたような聞こえ方をした。左の肩から先、腕が焼け爛《ただ》れて溶け落ちていくような錯覚に襲われる。

「ふざけんなっ。冗談やないぞ！」

憤りに震える藤森の声が、その腕のぬくもりが、ゆっくりと遠くなっていく。

なあ、藤森……。

孫……って、どういうことだ？

問い質そうと思うのに、唇が動かない。

瞼が重い。

寒い。寒い。寒い。

底なし沼のような闇に引き摺《ず》り込まれる錯覚を覚え、やがて新條は意識を手放した。


新條が運び込まれたのは、田渡組が懇意にしている病院だった。

二発の銃弾のうち一発は左肩の骨を砕き、もう一発は左脇腹の肉を抉《えぐ》り取る形で貫通していた。

奇跡的に脇腹の方は骨や内臓に大きな損傷はなかったが、肩は上腕骨を粉砕骨折した上、少し太めの血管を掠めていたため出血が多く、脇腹の傷と併せて手術を要した。

極めて至近距離で被弾したにもかかわらず、使用された銃の口径が小さかったことと、田渡の計らいで迅速な処置が受けられたお陰で、新條は最悪の事態を免れた。

新條が目を覚ましたのは、翌日の昼過ぎになってからだった。

特別室のベッドの上で、新條は昨夜の出来事をゆっくりと思い返す。

「酷い……夜だった」

新條が撃たれてから意識を失うまで、たった五分程度だったと聞いて暗鬱《あんうつ》となる。もっと長い時間、どうにもならない痛みと憤懣《ふんまん》に晒されていたように感じていたからだ。

自分が撃たれたことは、確かにショックだ。

しかしそれ以外のことが新條の心を煩わせていた。

藤森の命を狙う者が、確かにいるということ。

鶴巻の冷淡と言うには目に余る行為。

そして何より新條を困惑させるのは、意識を失う直前に耳にした鶴巻の言葉だった。

『親爺の大事なお孫さんの命を……』

朦朧とする中、鶴巻の抑揚のない声を、確かに聞いた。

そのとき、音もなくドアが開いて藤森がひょっこり顔を覗かせた。

「よう、具合はどうや」

「……藤森」

藤森がゆっくりとベッドに近づき、苦笑交じりに零す。

「大したことのうて、よかった」

バツの悪そうな表情に、新條は小さく頷いた。

「面倒ごとは田渡の爺さんと鶴巻が上手いこと処理してくれた。いらん心配はせんでええから、アンタは一日も早うようなって、俺のとこへ戻ることだけ考えろ」

「言われなくても、分かってる」

横になったまま答えると、藤森が新條の眼鏡を差し出した。

「昨日、落としたやろ。きれぇに洗ってきたった」

「あ、……ああ」

そこでようやく、眼鏡を落としたことを思い出した。受け取ってさっそくかけてみると、ぼんやりと焦点の定まらなかった視界が一気にクリアになる。

「どや？　男前がよう見えるか？」

藤森がベッドの横へ椅子を寄せて腰かけ戯けてみせる。

新條は何度か瞬きをすると、彫りの深い顔をまっすぐに見据えた。

「その男前が、田渡組長の孫だというのは、本当なのか？」

前置きもなしに突きつけると、さすがに藤森も少し驚いたようだった。

「えらい急に直球投げてきよるな」

「傷の痛みより、そのことが気になって眠れなかった」

「嘘こけ！　朝方まで付き添っとったのに、アンタ、全然目ぇ覚まさんかったやないか」

大仰な身振りで言いながらも、藤森の瞳は真剣な色を帯びている。

新條は黙って、藤森が話してくれるのを待った。

「まあ……ええ加減俺も、焦《じ》れとるしな」

独り言のように言って、藤森が微笑む。

「アンタも闘神会の人間なんやから、ちょっとは聞いて知ってるやろうが、総長の厚木さんの体調が芳しいない」

関東と関西に二大派閥を持つ闘神会総長・厚木権一は、今年確か七十二歳。今もその権勢は衰えることを知らないが、寄る年波には勝てず、近頃は入退院を繰り返してばかりだという。

「それで田渡の爺さんに総長の座を譲るいう話が出た。……せやけどな」

藤森が言い辛そうに片眉を上げてみせる。

「お前の親父さん……関西闘神会会長藤森組が、黙って認めるわけがない……か」

新條が言うと、藤森が目を伏せて認めた。

総長の厚木、関東闘神会の田渡と比べて、関西闘神会会長の藤森浩輔《こうすけ》はまだ若い。

しかし藤森組は、初代の頃から厚木の地盤作りを献身的に支えてきたという自負と、三代目の浩輔の代になって一気に勢力を伸ばし、関西のトップとなった勢いもあって、厚木の一存だけで総長を決めることに異を唱えたのだ。

藤森と行動をともにして、昨今の暴力団組織が共存共栄志向にあることは新條も肌で感じているが、腹の底ではやはり面子や体面を重んじ、権力への野望があるのだろう。

「さすがに、すわ抗争やカチ込みや……とはならんけど、水面下ではいろいろやり合うとってな、問題が表面化するんも時間の問題……っちゅうところに、松代のおやっさんが口を出した」

「え……？」

闘神会の内部関係が密かに悪化していたことも、ましてやそこに松代が絡んでいたことも、新條は想像だにしていなかった。

藤森が田渡の孫なのか確かめたかっただけなのに、思わぬ方向に話が広がっていく。

重傷を負って手術を終えたばかりの新條の頭は、次々と明かされる真実に激しく混乱していた。

「ど……うして、親爺が……」

ズキズキと痛むのは、麻酔の切れた傷口か、それともショート寸前の頭だろうか。

困惑し、顔を顰《しか》める新條にはお構いなしに、藤森がさらりと言ってのける。

「田渡の爺さんを総長に据える代わりに、田渡組を俺に継がせたらどないやろか……ってな、松代のおやっさん直々に厚木さんへ提案したそうや」

「お、お前が、田渡組を――っ？」

新條の頭の中で、何かがブツリと千切れ、思考が数秒停止した。

藤森が何を言っているのか、本気で分からない。

だいたい、松代がそんな大それた提案をしたなど、すぐには信じられなかった。

確かに田渡には嫡子がない。しかし、長年田渡組を支えてきた若頭の鶴巻や幹部たちを押し退けて、敵対する関西系の藤森が田渡組を継ぐなど、道理が通るはずがないのだ。

「まあ、さすがに田渡組の跡目を俺に継がせる話は、厚木さんも田渡の爺さんもウンとは言わんかったみたいやけど、関東の田渡組が総長になることで崩れるバランスを、藤森組の分家をコッチにおいて調整することで手ぇ打ったんや」

「だから……お前が?」

藤森が不敵な笑みを浮かべる。

「鶴巻が黙ってへんやろうけど、それはそれでまた別の話やしな」

鶴巻――と聞いて、新條の脳裏に爬虫類系の陰湿な容貌が浮かんだ。藤森を襲った男を詰問するでもなく、いきなり喉首をかっ捌《さば》いた。

噂だけでしか知らなかった鶴巻の本性を目の当たりにし、新條は散々藤森に言われてきた「あの男は危険だ」という言葉を身をもって実感したばかりだ。

「ホンマ言うたら、田渡組なんかどうでもよかったんやけど、田渡の爺さん、メチャクチャ孫に甘いからな。もし鶴巻が自滅するようなことになったら、田渡組もそのうち俺のモンになるんやろうなぁ」

欠伸でもするような調子で告げられた言葉に、新條は再び目を見開いた。

「おい、今……なんて言った……っ？」

腹と肩に激痛が走るのも構わず、新條は起き上がって藤森を問い質す。

「俺が田渡の爺さんの孫っちゅうのはホンマかって訊いてきたんはアンタやろ。何をそんな吃驚しとんねん」

「だからっ、それは……ッ痛、イタタ……ッ」

藤森が「ほら、無理せんと横になれ」とクスクス笑う。

「誰のせいで……こんな目に遭ってると思ってるんだ」

揶揄われているような気がして、新條はムッとした。

そんな新條の態度に、藤森が「ホンマ、すまんかった」と手を合わせて頭を下げる。

「俺の死んだオカンが、田渡の爺さんの隠し子なんや」

「……へ？」

思わず漏れた間抜けな声に、藤森が小さく吹き出した。

「なんちゅう声出しとんねん」

新條はもう、怒る気もなかった。今日は何度、こうして驚かされればいいのだろうと、頭を抱えたくなる。

「……説明しろよ」

「まだ俺のオトンが若頭やった頃の話やけどな。当時は伊舘組の関西圏への進出が激しかった頃で、しょっちゅうどっかで抗争が起こっとった。関東系の組はどこも助けてくれへんし、こうなったら自分らでどないか手を打たないかん言うて、オトンが密かに上京して伊舘組の内部情報を探ってたらしいんや」

三十年ほど前、暴力団同士の抗争が激しかった頃の話は、新條も松代や古株の構成員からよく聞かされていた。

「そのときに偶然、知り合うたホステスが俺のオカン……つまり、田渡の爺さんの隠し子やったちゅうわけや」

藤森の話によると、母、香織《かおり》は身分を偽った藤森の父、浩輔と恋に落ち、やがて子を身《み》籠《ご》もった。

「オカンはオカンで、田渡の娘やいうことを隠しとったんや。そら、ヤクザの娘や知ったら、ふつうの男は逃げ出して当然やからな」

互いに身分を隠して恋に落ちたなど、ヤクザの派閥問題が根底になければ、ロマンティックな恋愛物語と言えなくはない。

「けど、田渡の爺さんがオカンの妊娠を黙って歓迎するわけがなかった」

香織は隠し子とはいえ、生まれてくる赤ん坊は田渡組の後継者となる可能性があった。

「そうなったら、父親はどこのどいつや……っちゅう話になるやろ？」

香織は子供の父親は大阪の金融会社に勤めるサラリーマンだと打ち明けたが、それが浩輔の嘘であることはすぐにバレた。

「爺さんな、それこそ大阪に殴り込むんちゃうかってくらい、怒り狂ったらしいてな。オカンに『腹切れ！　あんな男のガキなんか堕ろせ！』言うたらしい」

藤森は冗談めかして話すが、当事者にしてみればとんでもなかっただろう。

同系とはいえ、西と東で犬猿の仲にある組織の若頭が、ひたすら存在を隠してきた愛娘《まなむすめ》に手を出した上、子まで孕ませたとなれば、田渡でなくとも黙っていられない。

それぐらいは、新條にも容易に想像ができた。

「そこで、や」

藤森が身を乗り出すようにして、新條の顔を覗き込む。

「すわ、闘神会全体を巻き込んで西と東で抗争か……ってなったときに、藤森組と田渡組の間を取り持ったんが、松代のおやっさんやったんや」

「親爺が……？」

「なんでやろな。西と東で何か起きそうになるたんびに、松代のおやっさんが割って入って、上手いこと両方を丸め込むんや」

今でこそ田渡組から破門されてしまった松代組だが、当時は田渡の右腕として一番の信頼を得ていた。

松代は懇々と田渡を説得したのだという。

闘神会の若手の中でも新鋭と期待され、また関西出身の厚木の信頼も得ていた藤森組と争うことは、損にこそなりはすれ一文の得にもならない。それなら娘をきっちりと藤森組若頭の姐《あね》さんとして嫁がせ、藤森と縁戚関係を持った方が将来的にも意味がある。関東での立場を守りつつ、関西の地盤を今以上に固められるじゃないか――と。

「つまり、松代のおやっさんがおらんかったら、俺はこうして生きてへんかったかもしれんわけや。……実際、おやっさんがどこまで先を見越して説得したかは、分からんけどな」

新條は話を聞きながら、松代が田渡組を案じて進言したのか、それとも単に香織や赤ん坊を救うために方便を使ったのか判断できずにいた。

「まあ、そういうわけで、田渡の爺さんが俺のお爺ちゃん……っちゅうんはホンマの話や。なんぼ娘をかどわかした憎い男の子供やいうても、やっぱり忘れ形見の孫はかわいいらしいてな、もうええ大人やっちゅうのに、爺さんはとことん俺に甘いんや」

藤森が田渡邸で好き勝手に過ごしていた理由が明らかになり、新條はひとつ胸の閊《つか》えが取れたような気がした。

そして、少しずつ情報を整理して、藤森に質問する。

「しかし、田渡組長の孫なら、多少調整は必要だろうがお前が跡目を継いだって構わないだろう？　お前の実力は今や関東闘神会の人間には充分知れ渡っている。文句を唱える奴には、それこそＤＮＡ鑑定書でも見せれば……」

後継者として揺るぎない証拠と実績を持ちながら、藤森がわざわざ関東で新しく組を立ち上げなければならない理由が、新條にはどうしても分からなかった。

その問いに、藤森が涼しい顔で答える。

「俺のオカンのことを知っとるんは当人らと松代のおやっさんだけや。田渡組でも鶴巻ぐらいやろう。それやのに、いきなり俺が田渡組を継いだりしたら、収まるモンも収まらん」

それぐらいのことも分からないのかと、藤森が馬鹿にしたように目を眇めた。

「だいたい、鶴巻が俺の出自を知って黙ってるわけないやないか。今でも充分、俺のこと目の敵にしてんのに。面倒なことになるから爺さんには黙っとけ言うたのに、まったく……っ」

そう言われてしまえば、新條も納得するしかない。

鶴巻に自分の出自を知られていたことが余ほど不本意だったのだろう。藤森が何度も忌々しげに舌打ちするのを見て、新條はその本心を窺《うかが》い知ることができた。

「藤森組は、どうするんだ」

「弟がおるからな。俺に負けず劣らず、ようできた男やで」

欲がないのか、それとも自分が目指すもの以外には興味がないのか、闘神会を一挙に掌握できるかもしれない機会をあっさり投げうてる藤森の器の大きさを、新條は改めて思い知らされる。

「それに俺には、どうしても手に入れたいモンがこっちにあるんや。ガキの頃から、何があっても手に入れるって決めとった」

新條の瞳を覗き込み、藤森がひと言ひと言、噛みしめるようにして告げた。

「え……？」

その表情に新條は瞠目《どうもく》する。いつになく真剣で、揺るぎない力と想いをたたえた漆黒の瞳。じっと見つめていると、魅入られ、吸い込まれそうな錯覚すら覚える。

傷の痛みとは別に、心臓をぎゅっと鷲摑みされたような苦しさを覚え、新條は喘ぐように問い返した。

「手に……入れられたのか？」

藤森が困ったような、泣き出しそうな笑みを浮かべる。

「さあ、どないやろうな」

そして、ふいっとそっぽを向いた。

「それよりも、新條」

何かを振り切るように立ち上がり、背中を向ける。

「退院してきたら面白いモン見せたるから、楽しみにしとけよ」

そのまま小さく手を振って病室を出ていく藤森の背中を、新條はただ黙って見送った。

『ガキの頃から、何があっても手に入れるって決めとった』

あの瞳を、どこかで見たような気がする――。

まるで頑是無い子供のようにも見えた藤森の表情が、いつまで経っても新條の脳裏から消えなかった。


新しい年を迎えて松の内が明けた頃、ようやく新條は退院を許された。腕の傷のリハビリが思った以上に長引いた上、何故か藤森が新條が急いで退院したがるのを拒んだのだ。肩から腕を吊《っ》らずに済むようになり、見た目だけは健康体そのものとなって、ようやく新條は二カ月近い入院生活から解放された。

「どこへ連れていくつもりなんだ」

病院に迎えに来た藤森に言われるがまま、新條は結城の運転する車に乗った。しかし、車は田渡邸に戻る気配がない。

「着いてからのお楽しみや」

藤森が上機嫌で答える。

長い脚を窮屈そうに組んで車窓を眺める藤森を、新條は忌々しく睨みつけた。

厚い灰色の雲が垂れ込めた空から、はらはらと雪が舞い落ちている。

病院から二十分ほど走ったあたりで、新條は窓の外の景色を見てはたと気づいた。

――ここは、確か……。

「もうすぐ、着くで」

窓に張りつくようにして外を眺める新條に、藤森が楽しそうに告げる。

果たして結城が車を停めたのは、松代組のシマであった懐かしい街の入口だった。

「……おい、藤森」

しかし、車を降りた途端、新條は目の前に広がる光景に唖然となった。

レンズ越しに映るのは、昭和の残痕のごとき古い街並ではなく、重機やトラックが忙《せわ》しなく走り回る、埃《ほこり》っぽい建設現場だ。

「どういうことだ……？」

商店街のアーケードは勿論、店や家屋のほとんどが解体され、新條の記憶にある街並は何ひとつ残っていない。松代が入院していた病院も、増築だか改装だかで足場で囲われている。

「松代組が管理しとったこの界隈《かいわい》と、川を挟んだ向こう側……伊舘組から買い上げた土地を合わせて、大型のアミューズメント施設を建設中や。こっちには高層マンションと医療施設も入った高齢者介護施設ができる予定や」

　すっかり様変わりした街を、新條は茫然と眺める。

「心配せんでも、住民にはきちんと理解してもろうて、できるだけ希望に添うよう転居先や仕事を手配したつもりや。希望者は新しなった街に呼び戻すことになっとるしな」

「そう……か」

　安堵《あんど》と寂しさが胸を過り、総菜屋の老婆や鮮魚店のオヤジの顔が浮かんでは消えていく。

　肩を落とす新條を、藤森が「こっちや」と促し歩きだした。

　新條は周囲を見渡しながら後に続く。

　商店街だった通りをしばらく歩くと、懐かしい三階建ての古いビルが目に入った。

「……あ」

　そこだけぽっかり時間が止まったかのような光景に目を瞠る。

　すると、藤森が松代ビルの方向を指差した。

「ほんでアレが関東藤森組の……ちゃうな、ウィスタリア・コーポレーション本社ビルや」

「ウィ……スタリ……ア？」

　耳慣れない言葉に戸惑いつつ、新條は松代ビルのすぐ隣に建設中のビルを仰ぎ見た。

「アンタの退院と同時に完成……ってなったらよかったんやけどな。さすがにこの短期間では無理やった」

残念そうな顔をして、藤森が松代ビルへ誘《いざな》う。

「アンタが入院中に、田渡の親爺から正式に盃を受けた。……言うても、表立って関東藤森組の看板は掲げへん」

「え——」

不審の目を向けると、藤森が悪戯っぽく微笑んだ。

「今どき、ヤクザの看板掲げて商売始める阿呆がどこにおんねん」

藤森は組の立ち上げと同時に、フロント企業として『ウィスタリア・コーポレーション』という会社を起業していた。関東闘神会系田渡組の盃を受けたが、あくまでも一企業として運営するつもりでいるらしい。

十二階建ての本社ビルは、一階から七階までをテナントとして貸し出し、八階から十一階を自社のフロアーにあて、最上階には社長室を含む取締役室を置く。主な業務は松代組から引き継いだ不動産業の他、建設中のアミューズメント施設の管理運営、土木建設業、人材派遣業などで、ゆくゆくは高齢者介護事業にも乗り出したいと藤森は語った。

「まあ、暴対法対策ちゅう意味もあるけど、これ見よがしに代紋なんか掲げとったら、カタギ相手にやりたいこともなかなか自由にできんしなぁ」

やりたいこと――という言葉に、新條はいつか耳にした藤森の言葉を思い出す。

『俺には、どうしても手に入れたいモンがこっちにあるんや』

熱を孕んだ力強い瞳がいったい何を求めているのか、新條は入院中からずっと胸に引っかかっていた。

松代ビルの入口に立ち、藤森が新條を振り返る。

「このビルの最期をアンタに見せてから、取り壊すことに決めとった」

「……藤森」

新條の胸が不意に熱くなる。

「何もかも急に取り上げられた……そう思われたら敵わんからな」

藤森なりのケジメなのだろう。

「馬鹿が……。俺のことをどれだけ執念深い男だと思っているんだ、お前」

危うく涙が滲みそうになった目を伏せ、新條はわざと溜息を吐いた。

「そない言うてくれるんやったら、安心や」

藤森が車へ戻ろうと、新條の左肩を抱く。

何もかも、急に取り上げられた――。

確かに、そう思っても仕方がないような仕打ちを、新條は受けてきたと思う。

松代組の破門に、親とも慕った松代の拉致《らち》。

泰三たち構成員とも、夏以降、一度も連絡をとっていない。

ふとした瞬間、どうしようもない寂寥《せきりょう》感や罪悪感を覚えることが何度もあった。

藤森に対して、不満や疑念がないわけじゃない。

「今さら、お前に恨みつらみを語ったところで、どうなるわけでもないからな」

ゆっくりと新條の身体を労るように歩く藤森の横顔を、そっと盗み見た。

この男が何を求めているのか、見届けたい。

この男とともにいれば、今まで少しも面白いと思えなかった人生に、新しい道筋が見えてくるのではないだろうか……。

——我ながら、身勝手なものだ。

新條はこそりと自嘲の笑みを浮かべた。

「そういうわけでな」

車を停めて待っていた結城が、新條たちに気づいて小さく会釈するのが見えた。

「退院早々で申し訳ないけど、アンタには取締役専務として、さっそく走り回ってもらうから覚悟しとけよ」

「え、えぇ……っ？　今、お前……なんて言った？」

予期せぬ言葉に取り乱す新條を後目に、藤森が高笑いをあげてさっさと車に乗り込んだ。

五月晴れの空が、ゆっくりと茜色《あかね》に染まっていく。

ウィスタリア・コーポレーション本社ビルの竣工《しゅんこう》式を翌日に控え、新條は各方面への挨拶や業者への確認連絡に追われていた。

藤森と建設途中のビルを見上げた翌日から今日まで、新條は文字どおり仕事や雑務に忙殺されて過ごした。

どっぷり暴力団の世界に浸って生きてきた新條に、藤森がまず最初に課したことは、一般的社会人の常識を叩き込むことだった。どんなにカタギのフリをしても、身体に染みついたヤクザ者の匂いはそう簡単には消えない。それと並行して、ビジネスマナーの講座も受けさせられた。

ウィスタリア・コーポレーションという会社についても、藤森自らが理念を説き、取締役として求められる仕事について厳しく教え込まれた。

『覚悟しとけよ』

宣言どおりの藤森の容赦のなさに、さすがに何度か心が折れそうになったこともある。けれど、なんとか耐え切れたのは、藤森の求めるものが何か確かめたいという探求心と、藤森の期待に応えたいという意地にも似た想いがあったからだ。

厳しくも充実した日々を経て、やっとこの日を迎えることができた――。

この日の予定をすべて終えたことに安堵したところで、新條は電源を切っていた携帯電話にメールが届いていることに気づいた。送信主は藤森で、身体が空いたらウィスタリア・コーポレーション本社ビルへ来るようにという内容だった。

「まったく、少しは休ませろよ……」

独りごちながらも、新條はタクシーを拾って藤森のもとへ急いだのだった。

エントランスの自動ドアをくぐったそのとき、新條は真新しいビルのロビーに懐かしい顔を見つけた。

「兄貴っ！」

そう叫ぶなり、泰三が新條に向かって駆け寄ってくる。他にも数人、昨年の夏、松代組の事務所で別れたきりの構成員が顔を揃《そろ》えていた。

「泰三？　お前、どうしてここに？」

半年以上も連絡をとることもできずにいた懐かしい面々を前にして、新條は動揺を隠せない。見れば全員が、すっきりとしたビジネススーツを身につけている。

「あの日、兄貴が田渡組に直談判に出かけた後、親爺さんから電話があったんです」

「えっ」

泰三の口から出た予想外の言葉に、新條は目を見開いた。

「親爺さんの我儘《わがまま》で組がなくなることを許してくれって、何度も何度も謝って……」

自分の知らぬところで、松代が泰三たちに連絡をとっていたことに、新條は少なからぬショックを受ける。

「カタギに戻りたい者は好きにすればいい。カタギの世界がどうにも棲み辛いようなら、藤森組の若頭を頼るように……って」

泰三によると、破門と同時に足を洗ったのは古参の数人だけらしい。

「残った俺らも、関東藤森組……じゃねぇや、ウィスタリア・コーポレーションの社員として働けるように、ずっと研修してきたんスよ」

他の元松代組の面々が頷いてみせる。その表情はとても明るく、多少の胡散《うさん》臭さは残っているものの、これから新しい人生を踏み出す期待と希望に満ち溢れていた。

「見てくださいよ、兄貴。俺の歯！」

泰三が口をあーんと開けてみせる。

「それ……どうしたんだ」

シンナー遊びのせいでボロボロだった泰三の歯が、真っ白な歯列を見せつけていた。

「組長……じゃない、社長にみっともないって言われて、治してもらったんス」

新條は声も出なかった。何もかも、自分にとってはじめて知ることばかりだ。

結局今日のこの瞬間まで、松代のことにしても、泰三たち元構成員たちのことにしても、藤森は新條に何も明かしてくれなかった。

「兄貴が藤森社長の傍でバリバリ働いてるって聞かされてたんで、俺たちも負けてられない、兄貴を吃驚させようって頑張ってきたんスよ！」

屈託のない笑みを満面に浮かべる泰三に、新條は黙って頷くことしかできなかった。

惨めさと口惜しさと、そして、自分だけが何も知らされていなかったという疎外感に、こっそりとうち拉がれていたのだ。

そんな新條に、泰三がさらに追い討ちをかける。

「親爺さんも来月には大阪の病院から転院してくるし……。あ、心臓の手術の経過も良好だって話ッスよ。いやぁ……昨年の夏から今日まで、なんかもの凄い勢いで環境が変わって、マジでいろいろ不安もあったんスけど、これでもう俺たちも安心ッスね！」

「……なんだと？」

泰三のはしゃぎようとは裏腹に、新條の表情はみるみるうちに怒りに歪んでいった。

松代が無事だと聞かされたのは嬉しかった。

しかし、ここまで徹底して自分だけ蚊帳《かや》の外に追いやられていたと知って、怒りに煮え滾《たぎ》った感情が一気に噴き出しそうになる。

「おう、お揃いやな！」

そこへ、まるでこのタイミングを見計らっていたかのように藤森が現れた。

いつもと変わらぬ身体のラインを際立たせるスッキリしたデザインのブラックスーツに身を包み、結城を後ろに従えて颯爽と近づいてくる。

「感動の再会の気分はどないや、新條」

悪びれる様子など、微塵もない。

彫りの深い顔に余裕の笑みをたたえ、藤森はどうだと言わんばかりだ。

——すべて、この男が仕組んだことなのだ……。

怒りに全身を戦慄かせ、新條はくぐもった声で呼んだ。

「藤……森っ」

ただならぬ雰囲気に、泰三たちも息を潜めて黙り込む。

「なんや、ご機嫌ナナメやな」

言いながら、藤森は足を止めることなく新條のすぐ脇を通り過ぎた。カツカツと小気味のいい靴音を響かせ、まっすぐにエレベーターへ向かう。

「文句があるなら、上で聞いたる」

藤森の太々《ふてぶて》しい態度に、血管が切れそうだ。

「藤森、待てよっ！」

新條は腹の底から叫ぶと、エレベーターに乗り込む藤森の後を追った。

結城がエレベーターのボタンを押し続け、藤森が挑発的な視線を送ってくる。

「どういうことだっ！　全部、はじめから説明しろ！」

新條が乗り込むと同時に扉が閉じ、藤森がにやりとほくそ笑んだ。

「どういうこともあれへん。そういうことや」

エレベーターは最上階を目指し、上昇していく。

「いい加減にしろ！　そんな言葉で納得できるか！　答えになっていないだろう！」

最上階に着くと藤森が先に降り、絨毯《じゅうたん》張りの廊下を迷いのない足取りで進んだ。

新條も後に続きながら、取締役室とプレートに書かれた部屋に入っていく。

「おい、藤森っ！　なんとか言ったらどうなんだ！」

さらに奥の社長室へ向かう藤森の厚みのある肩へ新條が手を伸ばしかけた、そのとき、藤森が不意に足を止めて振り返った。

「……っ！」

重厚な両開きの扉の前で、藤森が思い詰めたような瞳で新條を見つめる。

何かを逡巡《しゅんじゅん》しているような、それでいて強い想いを抑えているような、新條が今まで一度も見たことのない表情だった。

先ほどまでの、憎らしいくらい不遜な態度が嘘のような藤森の変化に気を呑まれ、新條は瞬きもできなければ声も出せない。

藤森もただ黙って見つめるだけで、二人の間に重苦しい沈黙が流れる。

やがて、沈黙に耐え切れなくなったのか、藤森が静かに口を開いた。

「納得できん、許せん……言うんやったら、それでもええ。ただし……」

言葉を区切ると、藤森が神妙な面持ちで息を吐いた。

「今日で、この世界から足を洗え」

「な――」

愕然と立ち尽くす新條に向かって、藤森が顔を強張らせたまま言葉を継ぐ。

「松代のおやっさんとの約束や。アンタをカタギの世界へ戻したがってたって、前にも話したやろ」

「……だが、それはっ」

伊舘組の賀来と会った帰りに、松代の本心を藤森から聞かされた。

あの日の衝撃は、新條の胸に今も強く残っている。

「そう言えば……話してへんことが、まだあったわ」

藤森が悲しげに微笑んで、突然話題を変えた。

「アンタの親御さん、モグリの街金からの借金返済に苦しんで、無理心中したらしいな」

両親を失ったいきさつを口にする藤森に、新條は酷く狼狽《ろうばい》した。

「ど、どうして……、お前がそんなことを知っているんだ……」

藤森が新條を憐《あわ》れむように見つめる。

「その街金業者な……、バックについとったんが松代組やったんや」

「……っ！」

新條にとってまさしく寝耳に水の話だった。

「う、嘘だ……」

視界がぐらつく。足を踏みしめていても、そこから穴が開いて奈落《ならく》へ落ちていくような錯覚すら覚えた。

「なんで俺が、アンタに嘘つかなアカンねん」

「嘘に決まってる……。勝手に話を作って、俺を動揺させようとしたって……」

「松代建設に住み込みで就職してきたアンタが、自分が心中に追い込んだ家族の生き残りや分かったときから、おやっさんは思うことがあったんやろ。世を拗ねて捻くれたアンタの姿に、罪の意識みたいなモンが湧いたらしい。松代組が武闘派から方向転換始めたンもその頃や。大学に行かせたんかて、亡くなったアンタの両親への罪滅ぼしの気持ちがあったんかもしれん。カタギに戻っても潰しが利くと思うたんやろな」

脳天を打ち砕かれたような衝撃に、膝から崩れ落ちそうになる。全身が瘧《おこり》のように震え、新條は息苦しさに激しく喘いだ。

「どうし……て、何も……言ってくれなかった――」

「松代のおやっさんが組を解散させよう思うたんは、あの人なりの償いや。まあ、それだけやないとは思うけど、アンタが組を継ぐ話が現実味を帯びてきて、いてもたってもおられんかったたんやろうな」

跡目を継がせてくれと切り出すたび、松代に「まだ早い」などと煮え切らない態度ではぐらかされたことを思い出す。

「分かるやろ、新條。おやっさんはアンタを、親を殺した自分と同じ極道にしとうなかったんや」

「そ……んなっ」

あまりにも衝撃的な真実と、長い間知らずにいた松代の想いを、このような形で知らされようとは思ってもいなかった。

「どないする、新條？」

藤森が、決断を迫る。

「松代のおやっさんの手前、俺がアンタを縛りつけることはできん。それでも、俺はアンタが欲しい。ガキのときにはじめて見た瞬間から、俺は……アンタのことが欲しいて堪らんかった」

切実な想いの込められた藤森の台詞に、新條はゆっくりと視線を上げた。

「――え？」

藤森が灼熱の太陽にも劣らぬ、灼けるような視線で自分を見つめている。

「なあ、新條。こんだけ言うても、思い出してくれへんのか」

珍しく声を震わせ、藤森が切なげに眉を寄せる。

「思い……出す？」

問い返しながら、新條はこれまで藤森がさりげなく口にした台詞を思い浮かべた。

『相変わらず、生きてんのがつまらんいう目ぇ、しとるなぁ』

『アンタをこうやって……思いきり犯す夢を……何度も見てきた……』

夏の日、松代の入院していた病院ではじめて会ったときや、乱暴に身体を暴かれたとき、それ以外にも藤森は何度か、過去に新條と会ったことがあるような言葉を口にしていた。

しかし、両親を失ってから、一日が終わるたびにその日の出来事を消去するような人生を送ってきた新條にとって、過去の記憶を辿ることは容易ではない。

藤森のような印象的な男は、一度会えば強く心に残りそうなものだ。しかし、どんなに思い出そうとしても、藤森に関する記憶の欠片すら見つけることができなかった。

「まあ、無理に思い出さんでもええ。アンタが覚えていようがいまいが、俺の気持ちは変わらんからな」

藤森が呆れたように苦笑する。

それが藤森の偽りのない言葉だと分かるから、新條は余計に苦々しく思った。

「ただ、最終的にはアンタの意思を尊重したいと思うてる。俺のことが許せんのやったら、仕方がない。松代のおやっさんの言葉に従ってカタギに戻ったらええ。今日まで俺に喰らいついて身につけた知識や経験があったら、この不況の中でもそれなりの仕事に就けるはずや」

「藤森……」

藤森がこの瞬間を見据えて自分を鍛え上げてくれたのだと知って、新條は胸を掻き毟りたくなった。

非の打ち所のないリーダーシップ、努力と経験に裏打ちされた実力と才能、そして、海よりも深く広い心――。

藤森ほどの男は、そうはいない。

この半年以上に及ぶ日々をともに過ごして、新條が得た答えはそれだった。

思えば病院で出会ったとき、新條は藤森が放つ圧倒的な存在感に、抗《あらが》いようもなく惹かれていたのだ。

あの伊舘組の賀来さえも、藤森はいつか越えるだろう。

それほどの男が両手を差し伸べて自分を欲してくれているのだと思うと、それだけで全身が粟立った。

黙り込んだまま、ただお互い睨み合うように視線を絡ませ立ち尽くす。

どれほどの時間、そうしていただろうか。

藤森がおもむろに背を向けた。そして、大きくて乱暴な深呼吸をする。

「……新條っ」

意を決したように、新條の名を呼ぶ。

「なんだ」

新條は、無機質な声で応えた。

「松代組はもうない。……カタギに戻るか、藤森組組長補佐として俺の傍で働くか。答えがノーなら、黙って去《い》んでくれ」

決して本意ではないのだろう。誰に対しても弱みなど見せたことのない背中が、不安げに震えていた。

しかし藤森なりに松代への義理を果たし、新條の意思を慮ってくれようとしている。

痛いほどに藤森の想いが伝わってきて、新條は胸が熱くなるのを感じた。

「藤森」

「ノーなら、金輪際アンタには関わらん。下のモンにもよう言い聞かせる」

ただ立っているだけで相手に畏怖の念を抱かせ、新條を好き勝手に翻弄してきた藤森が、オモチャの前で「欲しい」と言い出せず立ち尽くす子供のように見える。

「ココから出たら、アンタの好きに生きたらええ」

そう言って静かに扉を開けると、藤森は社長室へ入っていった。

「……っ！」

厚い扉の向こうに頼りない背中が消える。

新條は思い惑いながら、藤森が最後に口にした言葉を何度も反芻した。

『好きに生きたらええ』

なんの変哲もない言葉に、新條は脳天を打ち砕かれるような衝撃を覚えた。

濃くて重い霧に覆われた記憶の中から、小さな光の筋が走り抜ける。

「あ」

『ほんなら兄ちゃんは、好きに生きとるんか？』

意志の強そうな眉と、どこまでも吸い込まれていきそうな黒い瞳。まだあどけなさの残る顔には、けれどくっきりと王者の片鱗《へんりん》が見てとれた。

――どうして、忘れていたのだろう。

新條の脳裏に、いつの間にか抜け落ちていた記憶が鮮明に甦る。

「……あのときの、ガキか……？」

新條は、はっきりと思い出す。松代建設で働き出して二年が過ぎた頃。遠い親戚の子供だと言って、松代が大阪から男の子を預かってきたことがあった。

母を早くに失ったショックも癒《い》えぬ間に父が後妻を迎え、間をおかずに弟が生まれたのだという。新しい家族に溶け込めず、問題行動が増えてきたこともあって、松代が一時的に預かることにしたのだと、当時の新條は聞かされていた。

松代の家に住み込んでいた新條は、一番年が近いこともあって面倒を任されていたのだ。

『どうせ死ぬのに、真面目《まじめ》に生きとってもしゃあないやん』

自分よりも小さな子供が吐き捨てた言葉は、新條の胸に深々と突き刺さった。

『俺もオカンと一緒に死んだらよかった』

あのときの子供が、藤森虎徹だったのだ。

「どうして……気づかなかった！」

己の浅はかさに歯噛みする。

そして同時に、まだ子供だった自分が、無責任に幼い虎徹に伝えた言葉を思い出した。

「クソッ！」

死ねばよかったと言った虎徹を、まるで過去の自分を見ているようで、どうしても黙っていられなかったのだ。

『人間、死ぬのは簡単だ。けれど、せっかく生きるチャンスをもらったんだ。どうせいつか人は死ぬ。なら、自分の思うように、好きなように生きればいいだろ』

人生に意味を見失っている自分が、何を偉そうなことを……と、当時も思った。案の定、幼い虎徹に問い返されたのだ。

『ほんなら兄ちゃんは、好きに生きとるんか？』

投げやりになって流されるまま生きていた新條の心臓に深々と刺さった言葉の杭が、今、やっと抜け落ちたような気がしていた。

躊躇いも迷いも、一瞬で消し飛ぶ。

新條は喉仏を大きく上下させると、藤森が消えた扉を思いきり開け放った。

「……新條っ」

今や関東藤森組のシマとなった街全体を見渡せる大きな窓を背に、藤森が社長椅子に腰かけて瞠目する。

「そこから一歩でも入ってきたら、二度と逃がさへんで。分かってるんか？」

「生きているのが面白くて仕方ないって……、思わせてくれるんじゃないのか」

告げながら、まっすぐに藤森に向かって進む。

「お前といれば、世の中の面白いものが見られるんだろう？　あれはハッタリか？」

「新條……アンタ、もしかして——」

歓喜と驚きに、藤森がひと際大きく双眸を見開く。

新條はニヤリと笑ってやった。「思い出した」とは口にしない。

そして、新條は飛びかかるようにして藤森を抱きしめた。

「ちょっ……な、なんやっ！」

一瞬怯んだ隙を見逃さず、藤森の厚い唇を乱暴に塞ぎ、文字どおり噛みついてやる。

「痛っ！」

唇を解くと、かすかに血の味がした。藤森の下唇に血が滲んでいる。

「あのガキが、とんでもない男になったものだ」

「好きに生きるために、誰にも文句言わせん男になったつもりや。せっかく生きるチャンスもらったんやから、好きに生きたらええって言うたん、アンタやで？」

好きに生きればいいと言われ、藤森は好きに生きるために努力を重ねたのだ。

それに比べて、自分はどうだ……。

『好きに生きとるんか？』

幼い藤森に問われたとき、新條は何も答えられなかった。

そして再会したときも、十七歳の頃から変わらぬまま、ただ流れに任せて生きていた。

思い返せば返すほど、新條は自分が情けなく思えてくる。

「あのとき、俺は何も答えられなかった。……だが」

新條はレンズのすぐ向こうにある漆黒の瞳を、まっすぐに見つめた。

藤森が血の滲んだ唇をべろりと舐めとる。

「今は、答えられる。生きる意味が、見つかったからな」

藤森が無邪気な子供のように破顔して、新條の唇を塞いだ。

「ばっ……馬鹿、お前何する……つもりだっ」

社長椅子の上での長く激しいキスを強引に解いて、新條は鼻息荒くネクタイを解きにかかる男を罵倒《ばとう》した。

「何って……アンタ、長いことお預け喰らってたんや。こんなかわいらしいコトされて、我慢できるわけないやろ」

膝の上でしっかりと腰を抱えられ、背中は執務机に押しつけられて逃げ道を塞がれてしまっている。

「じょ、冗談じゃないぞっ」

今にも涎《よだれ》を垂らしそうな藤森の顔に平手をお見舞いしても、発情した獣はまともに言うことなど聞きはしなかった。

「最初に抱いてから、何カ月我慢したと思ってんねん。同じ屋根の下で暮らしてて、無防備な格好見せつけられて、それでもアンタが俺のこと思い出すまで我慢するんやって決めとったんや。俺の誠実さと純情にご褒美くれたかてええやろがっ」

早口で捲し立てられると、一瞬何を言われているのか新條には分からなかった。

「好きや……」

もう一発頬にお見舞いしてやろうと振り上げた腕を、藤森がきつく摑む。

「なっ……」

不覚にも、間近で見上げる藤森の瞳に、新條は息を吞んだ。

「俺に好きに生きろ言うたアンタが、泣き出しそうな顔で笑ったんが、忘れられんかったた」

十七歳と十二歳だった。

互いに幼く、世界も狭く、目に見えるものだけがすべてだと思い込んでいた。

「……あっ」

いつの間にかスーツの上着を肩まで脱がされ、ワイシャツのボタンが外されていた。

「ちょっ……ふじ、もりっ」

真っ白な胸許に、藤森が躊躇《ちゅうちょ》なく唇を寄せる。

「きれいや」

薄く筋肉をまとった胸を、藤森の舌がゆっくりと舐めていく。やがて舌先が淡い朱鷺《とき》色をした乳首に辿り着くと、新條は堪らず背を仰《の》け反らせた。

「やめっ……んんっ」

「アンタのために……アンタを手に入れるために、十年以上かけて男磨き上げたんや」

脇腹を厚い掌が撫で擦る。ベルトのバックルを外す音がカチャカチャと下から聞こえる。

「俺にとったら闘神会も松代組も……ヤクザかどうかも関係なかった。けど、いきなり足洗って、俺と一緒にカタギになれ言うても、アンタ絶対に納得せんかったやろ……？」

藤森が熱い息を吐くたびに、新條は意思に関係なく身体が煽られる。

触れてもいないのに、股間が昂っていた。

「俺が生まれた世界に、アンタが生きとる。それやったら俺もこの世界で……アンタがおる世界で、思いきり好きに……生きたろて、思っ……た」

「はっ……あぁ、藤森っ」

藤森が乳首を執拗《しつよう》に吸っては、べろべろと舌で嬲《なぶ》り、歯を立てる。

「ホンマに……好きなんや」

上擦った声で、せがむような告白されて、新條は経験したことのない欲情を感じていた。

男に抱きしめられ、肌を嬲られているというのに、藤森にならすべて許しても構わないと思っている自分に驚く。

「なあ、分かっとるんか？　俺はホンマに、ずっとアンタのことだけ考えて、今日まで生きてきたんやで？」

「んっ……、はぁっ……あぁ」

積年の想いを、その純情を、藤森がこれでもかと突きつける。

「いつか大人になったら……俺が、アンタに生きることの面白さを教えたるんやって……」

とうとう藤森が新條のスラックスの前を寛げ、下着を押し上げる勃起に触れた。

「アア――ッ！」

まるで何かのスイッチを押されたかのように、新條の背を甘くて熱い電流が走り抜けた。

「アンタが……欲しかった。アンタを手に入れるために……俺は、生きてきたんや――」

息を乱し、喘ぐように想いを囁く藤森の頭を、新條はそっと胸に抱き込んだ。

「……新條？」

濡れたように艶やかで豊かな黒髪を掻き抱き、新條は身体が灼かれるような感覚と同時に、今まで感じたことのない充足感に浸っていた。

「俺の人生……」

劣情と感動の狭間をたゆたいながら、新條は藤森の体臭に酔い痴《し》れる。

生き続けることに、意味などないと思っていた。

それでも生きねばならぬなら、誰かに求められて生きたい。

強く、強く、誰かに求められ、そして、誰かを求めて生きてみたかった。

自分の生きる意味を、ずっと探し求めていた。

それを、今、藤森が両手で掲げてくれている。

「藤森、お前に……くれてやる――」

「……え」

藤森が頼りない声を漏らす。

新條はそっと腕を解くと、今度はしっかりと藤森の頬を両手で包み込んだ。

そして、自分を見つめる漆黒の瞳を見据えたまま、ゆっくりと、まるで誓いの接吻《せっぷん》をするかのように口づけた。

「んっ……」

驚きのためか、新條の身体を弄《いじ》っていた逞しい腕から力が抜ける。

しかし、新條が自ら藤森の口内に舌を差し込むと、途端に悪戯を再開した。

「ふっ……んンッ」

大きな手が新條の後頭部を固定して口づけを深めたかと思うと、反対の手が下着の上から勃起したペニスに触れてきた。

「んン――ッ……ふ、むっ……ん」

熱い舌が新條の舌を搦《から》め取り、歯を立ててきつく吸い上げる。ジンジンと脳の奥が痺れるような快感に、目に涙が滲んだ。

欲情をまとった瞳がレンズ越しに見つめていた。

――あ。

藤森の切羽詰まった表情と不安の入り交じった瞳が、新條にある種の諦めにも似た感情を自覚させる。

「こ……虎徹」

唇を触れ合わせたまま、新條ははじめて藤森の名を口にした。

「クソッ……」

藤森の眉間《みけん》にきつく皺《しわ》が寄ったかと思うと、すぐに噛みつくようなキスで唇を貪《むさぼ》られた。怒気を孕んだ奥まった瞳が新條を見つめ、熱い舌が生き物のように口腔《こうこう》を犯す。かさついていた掌が徐々に汗ばみ、新條の脇腹や胸にしっとり張りつく。

「ンッ……ん、ふぅ……んむっ」

何度も角度を変え、舌を吸い合い、見つめ合う。視線が絡むだけで、肌がざわめく。呼吸が乱れ、心拍数が上昇し、もっと欲しいと腰が勝手にゆらめく。

「竜也っ」

互いの唾液に濡れそぼった唇で、藤森が新條の名を呼んだ。

「アカン、急に……名前呼ぶとか、反則やないか……っ」

口惜しさを滲ませながら、藤森が上着を脱ぎ捨てる。

「ホンマは……優しゅうしよう思うとったのに、アンタのせいやからな……っ！」

悪ガキのように言い放つと、藤森が腕の力だけで新條を執務机に腰かけさせた。

「……お、おいっ」

胸に募る恐怖に声をあげる。

すると、藤森が椅子を後ろに蹴りやって、新條の無防備な股間に顔を埋めた。

「ひっ」

抗う間もなく、身体の中で一番の急所を下着ごと咥え込まれ、新條は直接的な快感に肩を竦める。

両膝を大きく開かされ、閉じようと思っても屈強な肩がそれを阻む。

「やめっ……あ、あぁ……藤……森っ」

はじめて藤森に凌辱されて以来、自身で処理することもなく、今日まで性的な快感とは無縁のまま過ごしていた。そんな身体にいきなり口淫《こういん》を施されたら、どんなに堪えようとしても情けない声が零れてしまう。

下腹がじくじくと疼《うず》き、腹筋が収縮した。下着が藤森の唾液と自分の体液でぐっしょりと湿り、まるで粗相したようになっているのが堪らなく恥ずかしい。

「くっ……ぅあ、いや、だ……やめっ……あ、あぁ」

しかし、本人の意思とは関係なく、身体は歓喜の声をあげる。

やがて、濡れた下着をキリリと噛んで、藤森がゆっくりとずり下げていった。限界まで勃起したペニスが、跳ねるように飛び出して新條の下腹をペチンと打つ。

「ふぅ……んっ」

その刺激にすら、新條は甘い声で喘いだ。

「アンタの……コレ、めっちゃウマそう」

下着を右手でしっかりと押さえて、藤森が劣情にくぐもった声で告げる。

「あぁ……」

湿った吐息が茂みをくすぐるのに、新條はもどかしさを覚えて腰を揺すった。

直後に、藤森の厚い唇がペニスをぱくりと咥える。舌を使って包み込むようにし、きゅっと口腔を絞りながら頭を沈めていく。

「んあ……あぁっ、あ……はぁっ！」

これまで与えられた愛撫が子供騙《だま》しのようだった。

新條は藤森の艶やかな黒髪に指を絡め、脚を閉じて肩を押さえ込んだ。そして背中を丸めて藤森の頭に鼻先を埋《うず》めると、息を弾ませて口淫の快感に酔い痴れる。

「あ、うぅ……ふっ……んっ」

藤森の口内の熱さに、このままペニスが融けてなくなりそうな気がした。

唾液をしたたらせる藤森に、唇と指先で根元や茎、筋裏を執拗に刺激され、新條はただただ快楽の波に揺られ溺れる。

「あ、あぁ……っも、もぉ……やめ……うぅっ」

絶頂は呆気ないほど早く訪れた。

新條は小さくイヤイヤと頭を振り、藤森の豊かな髪を摑んだ。

「放せっ……！　あ、あ、藤森っ……ダメだ、あ……放し……」

髪を引っ張り、なんとか口を離すよう懇願するが、反対に藤森がきつく新條のペニスを吸い上げる。

「ヒ……ッ」

上顎の裏と舌で亀頭《きとう》を締め上げられた瞬間。

「あぁ――」

新條は肩をガクガクと震わせながら、藤森の口内に夥《おびただ》しい量の白濁を解き放った。

「んっ」

藤森が何度も先端を吸い、最後の一滴まで余さず啜りあげる。

「ひっ……やめ、あ、あっ」

射精したばかりで過敏になっているペニスをちゅうちゅうと吸われるたびに、新條は啜り泣くような声をあげた。

「はぁっ……はぁっ」

ようやく藤森がペニスを解放すると、新條はそのまま机の上にくたりと横になってしまった。身体中の感覚が曖昧《あいまい》で、息をするのも億劫だ。

茫洋とした視線の先に、西に面した全面のガラス窓を捉えると、新條は茜色に染まる東京の空を見つめた。

「竜也」

視界を遮るように、ゆうらりと藤森が立ち上がった。口を一文字に引き結び、獲物を狙う肉食獣の瞳で新條を見下ろしたかと思うと、乱暴に腕をとって起き上がらせる。

「ふ、藤森……っ」

射精後の倦怠感に脱力した新條の身体を、藤森は人形でも扱うかのごとく抱き上げた。

「な、何を……?」

戸惑う新條に、藤森は何も答えない。ただ酷く余裕のない乱暴な動きで、新條を大きなガラス窓の前に立たせると、いきなり背中から抱きしめてきた。

「え――」

ガラスに身体を押しつけられ、肩口に藤森の吐息を感じる。項《うなじ》に熱のこもった吐息があたるたび、新條は肌を小さく震わせた。

「……竜也」

藤森が新條の腰を右腕にしっかりと抱いて、左手ではだけた胸を弄る。うっすら汗ばんだ肌をひたひたと確かめるように触れていたかと思うと、いきなり乳首を摘《つま》んだ。

「んあっ……!」

痛みと快感の綯《な》い交ぜになった感覚に、新條は思わず窓に縋った。額をガラスに擦りつけながら、胸への刺激に溢れる嬌声を懸命に嚙み殺す。

「んっ……ふっ、あ、あぁ……」

ひとしきり新條の乳首を弄り終えると、藤森はその手を中途半端にずり下がったスラックスへ運んだ。ゆるんだベルトを一気に抜き去り、膝を使って器用に臑《すね》まで押し下げる。

「や、やめ……ろ！」

続けて下着を腿のあたりまで下げられ、そこでようやく、新條は藤森の意図を察した。

快感に酔い痴れ、思考力が散漫になっていた頭が、急にすっきりと冴え渡る。

「い、いやだ、藤森……っ」

困惑に怯《おび》えた顔で背後を振り返るが、藤森は聞く耳を持たない。無言で新條を抱き竦め、荒い呼吸を繰り返すばかりだ。

「藤森っ」

脳裏に、田渡邸の離れで乱暴に犯された記憶が甦る。身体を引き裂かれるような痛みと、自分が自分でなくなるような凄絶な快感が、新條を酷く混乱させた。

「やめ……ッ」

懇願は、聞き入れられなかった。藤森が背中を丸め、剝き出しになった新條の尻の狭間に、何かぬめるものを塗りつける。

「ごめ……んな」

吐息交じりの湿った声が、藤森の余裕のなさを示していた。

「好きや……で、竜也」

「うぁ……あ、ぁ……っ」

名を呼ばれ、切なく求められ、新條の背筋が震えた。

腰を引き寄せられるのに抗う暇もなく、尻の狭間に指が潜り込むのも拒めない。

「脚、開いて……」

藤森が掠れた声で囁く。濡れた指が尻の奥を撫でる。

「んっ……ん」

もう何も考えられなかった。ただ藤森に乞《こ》われるがまま脚を開く。

「ん、おおきに」

素直に従った新條に、藤森が嬉しそうに頷く。

やがて、濡れた指がきつく閉じた窄《すぼ》まりを解し始めた。

「い、あぁっ」

甦る苦痛に新條が腰を引こうとすると、藤森がやんわりと抱き寄せて優しく宥める。

「ちょっとだけ、我慢してくれへんか？　絶対に……痛うせぇへんから。な……？」

濡れた指で何度も何度も襞《ひだ》を伸ばすように撫で、前に回した手でペニスを愛撫する。

「ふっ……、あぁ、はぁっ……はっ……はぁ」

「そう、そのまま、力抜いといてや」

膝がガクガクと震え始め、新條が立っているのも辛くなり始めるまで、藤森は根気よく己を収める場所を解し続けた。

「もう……ええやろ？」

新條に問うたのか、それとも自分に確認したのか分からない。

ベルトを外しジッパーを下げる音がかすかに聞こえ、すぐに腰を深く抱えられた。

「あ……っ」

尻に、恐ろしいほどに硬く、そして熱く勃起したペニスを添えられ、新條は思わず喉を喘がせた。

「大丈夫や、ちゃんと濡らしたたし、アンタのココもやわらこうなっとる」

藤森が新條の耳許に囁きかける。その腕が、逃がすものかと腰をきつく抱えていた。

「ふっ……じもりっ」

恐怖に名を呼んだ。

「うん」

藤森が頷き、腰を進める。

「うあっ」

「力、抜いて」

短く告げられ、新條は意識して息を吐いた。目を閉じると唇を噛んでしまいそうで、懸命に見開き、西日を浴びて赤く燃えるような街並を見渡す。

「あ、あぁ……や、ふじも……痛……いっ」

めりめりと皮膚が引き伸ばされ、身体を内側から灼かれるような痛みに、新條は堪らず悲鳴をあげた。

「もぉ……ちょっとやから」

藤森の声にも余裕がない。

「いた……いっ、うう……うぁっ」

耐え切れず背を仰け反らせると、藤森が一気に貫いた。

「くっ、ううっ」

藤森も辛かったのだろう。ぴたりと身体を繋いだ安堵からか、小さく息を吐いて新條の背中を抱きしめる。

そして、掠れた声で呟いた。

「好きやで……」

「あ」

肌が戦慄き、藤森を咥え込んだ部分が、勝手に収縮する。

「ツッ――――!」

藤森が舌打ちした。

直後に、新條は激しい律動に襲われた。

「うあぁ……っ！」

「ごめんっ……アンタが悪いっ」

「ばっ……あぁ、ひっ……ぁあっ」

言い返す隙もないまま、新條は嵐《あらし》のような快感に攫《さら》われる。

「竜也……たつ……やっ」

まるで余裕なんかない、十代のガキのようなセックスだった。

背後からガンガンと突き上げられ、ガラスに添えた新條の手が汗で滑る。

「ずっと……アンタだけや、アンタだけ――っ」

切羽詰まった声で名前を呼ばれるたび、新條はえも言われぬ興奮と快感に包まれた。

不遜で身勝手で、憎らしくて仕方のない男に乱暴に犯されているというのに、怒りも苦痛も感じない。

「ん……っ、藤森っ……」

「竜也……俺の、モンや……っ」

切なげに眉を寄せ、甘えるような台詞を吐く藤森の痴態に、この男がこんな顔を晒すのが自分だけなのだと、新條の胸にじわりと優越感が湧いた。

「あ、あぁ……っ」

ガラス窓にきつく押しつけられ、背後から喰らい尽くさんばかりの勢いで抱き求められ、新條は言葉にできない興奮に身震いする。

「……虎徹っ」

羞恥と背徳感、そして、深々と己を穿つ愛《いと》しい男の熱に総毛立つ。

灼熱の純情に、新條はただ溺れるばかりだった。

「俺が一生……アンタの人生、面白う……したるから――」

「あぁ……、期待……してるっ」

松代が守り続け、藤森が新しく生まれ変わらせようとしている街を見渡しながら、新條は身も世もなく喘ぎ続けた。


「いい加減に、しろよ」

応接用のソファにぐったりと横たわり、新條は叱《しか》られた犬のようになって床に正座する藤森を睨みつけた。

気づけば外はもう真っ暗で、ロビーに放置してきた泰三や結城たちがどうしているのかと不安になる。

「せやから、謝ってるやろ？　十年以上の想いが叶ったんや。嬉し過ぎて抑え利かんでもしゃあないやん」

藤森は悪びれることもなく言い訳する。

「それより明日の竣工式なんやけど、アンタ……大丈夫か？」

怒りに血が噴き出すかと、新條は思った。

「誰のせいだと思ってる――！」

先が思いやられる……と頭を抱えつつ、それでも新條は、明日からの人生を期待せずにいられなかった。


ウィスタリア・コーポレーション本社ビルの竣工式は、見事な五月晴れのもとで執り行われた。

新しい街へと姿を変え始めた下町界隈も、以前とは行き交う人が様変わりして、若者の姿が増えてきている。一部完成し営業を開始したアミューズメント施設には、若者の流行を捉えた様々なショップが軒を連ね、テレビなどでも取り上げられる機会が増えていた。

新條は淡いグレーのスーツに身を包み、すっかり生まれ変わった街をそぞろ歩いていた。もうあと一時間ほどで竣工式が始まる。

Wisteriaは藤の意。藤森組の代紋は、八藤に唐花の家紋を図案化したもので、ウィスタリア・コーポレーションの社章も藤の花をモチーフに作られていた。

新條の胸にも、その小さなバッジが輝いている。闘神会や組の代紋ではなくウィスタリア・コーポレーションの社章を胸につけるのは、やはり暴対法を意識してのものだ。

「新條さん！」

エントランスの自動ドアを抜けて賓客でごった返すロビーに入ると、人混みの向こうから泰三が慌てて駆けてきた。ウィスタリア・コーポレーションの社員として厳しく指導されたようで、泰三が公式の場で新條を「兄貴」と呼ぶことはなくなるだろう。

「どこ行ってたんスか？　もう社長が到着される時間ッスよ」

髪も黒く染め直し、一見するとカタギっぽくはなったが、泰三の言葉遣いにはまだまだ教育の余地があるようだと新條は苦笑を漏らした。

「あ、社長だ」

泰三が気づいて、声をあげる。

途端に、ロビーにいた賓客たちもその方向へ注目した。

新條は、目を瞠る。

――ああ……。

埃ひとつ落ちていないロビーの床に、長身の男のシルエットが映り込んでいた。

仕立てのよいスーツに包まれた体軀からは、何ものにも脅かされることのない絶対的な自信が溢れている。

「新條」

藤森が新條の姿を捉え、破顔する。

「馬鹿野郎、みっともない面、晒すなよ」

屈託のない満面の笑顔に、新條はつい、つられて笑ってしまった。

どうしようもなく、惹かれている。

藤森の晴れの姿を見つめつつ、新條は改めて思い知る。

この男のもとでなら、己が望んだ生き方ができるに違いない——と。

爪痕

筋張った白い脚に、藤森《ふじもり》が唇を寄せた。魚の腹のような丸い脹脛《ふくらはぎ》をべろりと舐《な》めながら、ゆるゆると腰を揺すって恍惚《こうこつ》の笑みを浮かべる。

「めっちゃ……気持ちええ」

右肩を下にしてベッドに横たわった新條《しんじょう》は、きつく唇を噛《か》みしめながら、藤森に与えられる快楽に耐え続けていた。撃たれた左の肩は今もときどきシクシクと疼《うず》くように痛む。

「ふっ……ん、ンんっ……」

藤森が左脚を抱くようにして腰を揺らすたび、新條の最奥を灼熱《しゃくねつ》のペニスが容赦なく穿《うが》った。

「竜也《たつや》……っ」

切なげに眉《まゆ》を寄せ、律動に合わせて新條の名を呼ぶ藤森の声から、徐々に余裕が失われていく。

ギシギシと軋《きし》むスプリングの音と、藤森の呼吸音がリンクして、それが余計に新條を複雑な気分にさせた。

「はっ……ん、うぅ……ふぁっ」

胡座《あぐら》をかくように座した藤森に左脚を高々と抱えられ、大きく広げられた股間《こかん》を器用な手で弄《いじ》られ、全身がどっぷりと快楽に包まれる感覚に、新條はいまだに戸惑《とまど》いを覚える。

「好きや……竜也っ」

関東藤森組の立ち上げと同時にウィスタリア・コーポレーションを起業して、一年近くが過ぎようとしていた。

昭和の風情を色濃く残していたこの界隈《かいわい》も再開発が進み、今では流行の発信地として若者や主婦層などから注目される街へと変貌《へんぼう》を遂げている。

「んっ……も、ぃい……加減にっ……」

東向きの窓から差し込む淡い光が、夜明けを告げていた。

昨夜遅くに大阪出張から戻ってきた藤森に呼び出され、新條は延々求められ続けている。

それこそ久々の獲物にありついた獣のように、藤森のセックスは無遠慮で激しかった。

「ああ……もう、これで最後……っ」

本社ビルからそう遠くない場所に新築した高層マンションの一室に、藤森や新條をはじめとする関東藤森組幹部は暮らしていた。藤森の部屋の隣には結城《ゆうき》が、その下のフロアには新條と泰三《たいぞう》がそれぞれの部屋を持っており、形ばかりの組事務所も同じマンションの一室に置かれている。

「はっ……うぅ、んあ……も、もぉ……やめっ」

もう何度、藤森の欲望を注がれたか、新條は数えるのも億劫《おっくう》だった。絶え間なく与え続けられた痛いほどに甘い快感と、藤森よりも確実に多く訪れた絶頂に、意識も身体《からだ》もどろどろに融けてしまったようだ。

「ンッ……イク……竜也、竜也……っ」

藤森が繰り返し新條の名を呼んで、抱えた脚に歯を立てた。

「イアァ――ッ！」

目の前がスパークし、腰の奥で何かが爆《は》ぜるような感覚に襲われた直後、新條は下腹で藤森が精を放つ瞬間を妙にリアルに感じ取ったのだった。


「ほな、行ってくるけど、ホンマに大丈夫か？」

ベッドで青白い顔を晒《さら》して横たわる新條を、藤森が心配そうに見下ろす。

「うるさい」

藤森が手を伸ばし、汗で額に張りついた新條の髪を撫《な》でつけようとするのを、物憂げに打ち払った。

「俺が午後から出社予定だと分かっていて無茶したくせに……。形ばかりの心配ならいらない」

細身のブラックスーツを見事に着こなし、豊かな黒髪をこざっぱりと整えた藤森を睨《にら》みつけて毒吐《どくづ》く。

「しゃあないやろ。久し振りやってんから。アンタかて悦《よ》さそうにしとったやないか」

藤森が手を払われたことなど意に介さない様子で、ギシリとベッドに腰を下ろす。

新條は慌てて寝返りを打ち、背を向けた。

「何してる。さっさと行けよ。今日は大事な……っ」

今日、藤森ははじめて、闘神会《とうじん》総長である厚木権一《あつぎけんいち》との面通しを許されたのだ。

同じ闘神会とはいえ、藤森はもとは関西系の藤森組若頭だ。その藤森が関東で組を立ち上げ、関東闘神会への貢献が認められるのに、一年半あまりを要したことになる。

同時に、いよいよ総長の厚木が隠居し、田渡《たわたり》が闘神会のトップに立つ調整が始まるのだ。

「竜也」

小さくベッドが軋んだかと思うと、新條の耳許《みみもと》に藤森がそっと口づけてきた。

「……ばっ」

咄嗟《とっさ》にブランケットを頭まで被《かぶ》り、背中を丸めて拒絶する。

「つれん男やなぁ」

藤森が溜息《ためいき》を吐《つ》いて寂しげに言うが、新條は聞こえないフリをした。耳が熱く火照《ほて》り、身体がぞわぞわと落ち着かない。

「まあ、そういうとこも含めて、アンタに惚《ほ》れてんけどな」

再びベッドが軋んで、藤森が立ち上がる。

「ほな、行ってくるわ」

ブランケットの上から肩を軽く叩《たた》かれても、新條は無言を貫いた。

寝室のドアが閉じられ、やがて藤森の気配がなくなってから、そろそろと起き上がる。

「……クソッ」

全身に残るセックスの残痕《ざんこん》と、藤森への煮え切らない自分の態度に苛立《いらだ》ちが募った。

そっと右の耳に手を当てると熱があるかのように熱い。かすかに触れた藤森の唇の感触が妙に生々しく残っていて、それが余計に新條の心を波立たせる。

『竜也』

藤森に名を呼ばれ、甘い雰囲気を少しでも醸し出されると、新條はどうにもいたたまれなくなるのだ。

藤森に惚れている自覚はあるが、それは男惚れだと新條は認識している。身体を繋《つな》ぎ合っていても、決して世間で言うところの『恋愛』ではないと――。

だからこそ、藤森に「好きだ」と言われるたび、新條は落ち着かない気持ちでいっぱいになる。理性もプライドも何もかもを凌駕《りょうが》する快感を与えられ、藤森に思うさま嬲《なぶ》られながら、互いの温度差に違和感と不安を覚えずにいられない。

藤森虎徹《こてつ》という男が、自分にとって唯一無二の存在であることは間違いない。けれど、藤森と同じように「好き」だと言えるかと問われると、新條は頷《うなず》けないのだ。藤森に抱かれて快感に満たされながらも、自分の心の在《あ》り処《どころ》が分からない。中途半端で曖昧《あいまい》な自分の立ち位置に、もう随分と思い悩んでいる。

おまけに、新條を悩ませるものが、他にもあった。

半年ほど前から、関東藤森組やウィスタリア・コーポレーションへの嫌がらせが絶えないのだ。関連施設の窓ガラスが割られたり郵便物が盗難に遭ったりと、被害は些細《ささい》なものばかりなのだが、忘れた頃に繰り返される嫌がらせに、一般の社員たちは勿論《もちろん》、構成員も不安を隠せなくなっていた。

藤森も新條も、間違いなくどこかの組が関《かか》わっていると確信しているが、なかなかしっぽが摑《つか》めずにいる。

今日の闘神会総長と藤森の面通しをきっかけに、きっと新しい動きがあるはずだと新條は踏んでいた。

三月も中旬だというのに季節外れの雪が降り、都内は薄く雪化粧していた。

「なんの……冗談だ」

午後から出社した新條は、結城からの電話に聞き取れないくらい低い声で問い返した。

『冗談なんかではありません』

無口な結城が、焦った様子で繰り返す。

『どこにも姿が……見えないんです』

「……っ」

新條は声を失った。受話器を手にしたまま彫像のように固まってしまう。

「とにかく、すぐに戻ってきてください」

どうにかそれだけ伝えると、新條は受話器を叩きつけるようにして切った。

そしておよそ十分後、ひとりで戻ってきた結城に、新條は藤森が姿を消すまでの様子を問い質《ただ》した。

「少し時間に余裕があったので、いつものように公園に寄ったんです。今朝方降《ふ》った雪が残っていて、子供たちが雪だるまを作ったりしていました……」

結城によると、闘神会本部で厚木や田渡を含む闘神会幹部との面通しを無事に終えた後、藤森は本社ビル近くの公園に立ち寄ったらしい。

アミューズメント施設に併設された公園は都心のオアシスとして、近隣住民だけでなく様々な人々に愛される憩いの空間となっていた。

藤森はときどきこの公園に足を運んでは、人々の幸せそうな姿を眺めつつぼんやりと過ごすことがあった。

それぐらいの息抜きもたまには必要だろうと、新條も承知していた。

「いつもと同じように、少し離れた別のベンチから社長を警護していました」

スキンヘッドに漆黒のサングラス、そして二メートル近い巨軀《きょく》は、藤森の安らかなひとときを妨げるものとして、このときだけは距離をおくよう命じられていた。何かあればすぐに駆けつけられると、結城も、そして藤森もそう考えていたに違いない。

「そうしたら、社長の近くで、女の子が転んだんです」

藤森がすかさず駆け寄り女の子を助け起こす姿が、新條の脳裏にありありと浮かぶ。

「母親や友人の姿が見あたらず、社長は女の子と手を繋ぎ、歩きだしました」

「黙って見ていたんですか」

新條が訊《たず》ねると、結城が大きな背中を精一杯丸めて頷く。

「来るな……と、目で制されました。周囲に怪しい人物も見あたらなかったので――」

結城にとって、藤森の命令は絶対だ。

「あのとき、無理にでも一緒に行けばよかった……」

藤森と女の子は、公園のはずれにある公衆トイレに向かった。転んで怪我《けが》した傷でも洗うのだろうと結城は思ったらしい。

しかし、公衆トイレの陰に二人が消えてから、何分経っても再び二人が姿を現すことはなかった。

現場に残されたのは藤森の愛飲している煙草《たばこ》とオイルライター、携帯灰皿。そして、ボロボロに壊された携帯電話だけ――。

他に犯人の手掛かりとなるものは一切残っていなかった。

「不審な車も、人物もいなかったと言うのか？」

「はい……走り去る車も、バイクもありませんでした」

結城の答えに、新條は激しく舌を打つ。

「もう少し……できる人だと思っていたんですがね、結城さん」

言ってから、結城にあたったところで仕方がないと後悔する。結城が肩を落とすのに申し訳ないと思うが、謝る余裕が今の新條には残っていなかった。

途絶えることのない嫌がらせと無関係でないことは明らかだ。何者か分からないが、藤森個人か、関東藤森組……もしくはウィスタリア・コーポレーションに遺恨がある者の仕業に違いない。

すでに公園の周辺には信頼のおける組の者を捜索に出しているが、これといった情報は何ひとつ入ってきていない。

「公園にいた一般人にも訊きまくったんですけど、社長が連れ去られるのを目撃したって人間はいなかったみたいです……」

青い顔をして泰三が歯切れ悪く告げるのに、新條は眉間《みけん》の皺《しわ》を一層深く刻む。

「あの馬鹿野郎がっ！」

静まり返った取締役室に、新條の罵声《ばせい》が響く。

もし、組長たる藤森が失踪《しっそう》、もしくは拉致《らち》されたなどという情報が闘神会幹部に知られてしまったら、最悪の事態を招きかねない。ようやく総長の厚木にも認められたというのに、今日までの苦労が水泡に帰してしまう。

それに、いくら関東闘神会系の団体から多くの信頼や支持を得ているとはいえ、関西から突然やってきて組を立ち上げるなり、ぐんぐんと頭角を現している関東藤森組を快く思わない人間はいる。嫌がらせを続ける者以外にも、藤森を疎ましく思う敵に隙《すき》を見せれば、一瞬で足許を掬《すく》われるだろう。

勿論、ウィスタリア・コーポレーションとしても、間違いなく信頼問題に発展する。

目に見えぬ敵を思うと、新條は気が重くなるどころの話ではなかった。

何より、藤森の身が心配だった。その命が危険に晒されていると思うと、何もかも放り出して捜しにいきたくなる。

逸《はや》る想いをなんとか抑え、新條は泰三と結城を見つめて言った。

「いいか、藤森の行方をなんとしてでも捜し出すんだ。どれだけの金を使っても、どんな手段を使っても構わない。結城さん、くれぐれも外の人間には気取られないよう、細心の注意を払うことは忘れるな。俺はしばらく組事務所の方に詰める。社の方には俺と藤森は急な長期出張が入ったと言っておけ。……そうだな、関西方面から急に大きな商談が持ちかけられたとでも説明すればいい。泰三、お前は通常の業務と並行して情報収集を続けろ。社長宛の連絡はすべて俺へ回すように」

抑揚のない声で命じながら、新條は窓の外へ目を向けた。そして、花曇りの空を忌々しげに見上げる。窓に映る自分の顔が、血の気を失ってふだんよりも一層白く思えた。

「新條さん、下に車を回させますね」

泰三の声に無言で頷く。

「まさか、いきなり頭をかっ攫《さら》いにくるとはな……」

自嘲《じちょう》するような呟《つぶや》きは、結城と泰三が取締役室を飛び出していく音に掻《か》き消された。

その後、懸命の捜索を続けたにもかかわらず、藤森の行方は深夜になっても杳《よう》として知れなかった。

◆　◆　◆

ウィスタリア・コーポレーション本社ビル近くの公園は、今朝降った雪が午後になってもあちこちに融け残っていた。

『大丈夫か、嬢ちゃん』

藤森の腰かけたベンチの傍《そば》で、淡いピンクの耳当てをした少女が豪快に転んだ。慌てて駆け寄り声をかけると、大きな瞳《ひとみ》に涙をいっぱいに溜め、藤森の顔を凝視する。

『お母ちゃん、どないした？　一緒とちゃうんか？』

関西弁が耳慣れないのだろうか、少女はじっと見つめたまま小さく震えるばかり。

『とりあえず、膝《ひざ》と手ぇ、洗おうか。かわいらしい服が台無しや』

両の膝小僧と手袋が雪解けの泥でぐちゃぐちゃになった少女に手を差し出す。

『おじさん、芸人？』

テレビなどで見るお笑い芸人か何かかと思ったのか、少女は若干怯《おび》えた表情を浮かべながらも藤森の手を取った。

『まあ、そんなもんや』

安心させるように頷いて、公園の端にある公衆トイレへ向かう。少し離れた別のベンチから結城が立ち上がろうとするのを目で制し、藤森はゆっくりと少女と芝の上を歩いた。

『ママ……いなくなっちゃったの』

藤森の手をギュッと握って、少女がぽつりと零《こぼ》す。母親の姿が見えないことにパニックになり、捜し回っていたのだろう。

女子トイレの入口で膝を折ると、藤森は少女にプレスの利いたハンカチを渡した。

『おっちゃん、ここにおるから手ぇと膝、洗っておいで。その後で一緒にママ捜そうな』

少女がコクンと頷き、小走りに中へ姿を消す。

女子トイレの入口は、結城のいる場所からは死角になっていた。

結城の奴、さぞ気ぃ揉《も》んでるやろな――と思いつつ、藤森はコートのポケットから煙草と愛用のオイルライター、そして携帯灰皿を取り出した。

そして、煙草を咥《くわ》え、ライターの火を近づけるために、小さく背中を丸めた瞬間――。

『……ッ！』

藤森は後頭部に強烈な衝撃を受け、その場に昏倒《こんとう》した。


公園で後頭部に激しい衝撃を受けた直後から、藤森の記憶は途切れてしまっていた。

覚醒《かくせい》したのは、漆黒の闇《やみ》の中だ。後ろ手に手錠が嵌《は》められている以外、足も目も口も拘束されていなかった。

「さて、どないしたモンかな……」

手触りから床はコンクリートの打ちっ放しで、声の反響具合からソコソコの広さの密閉空間であることが分かった。

殴打された後頭部がズキズキと痛む。熱をもっているようだが血が流れた気配はなく、痛みも我慢できないほどではない。

「新條、ドえらい怒っとるやろなぁ……。結城が虐《いじ》められてへんかったらええねんけど、まあ、それは無理やろな」

苛立ちと羞恥《しゅうち》に顔を赤く染めた今朝の新條の姿を思い出し、藤森は苦笑を浮かべる。

決して拒まれているとは思わないが、受け入れてくれるのなら、せめてもう少し愛情らしきものを返してくれてもいいんじゃないかと、最近、思うことが増えていた。

「年下やと思うて、舐められてるンやろか……いや、それはないな」

新條ほどプライドの高い男が、十回に十度……までとはいかないが、藤森が求めれば躊躇《ためら》いながらも応《こた》え、身体を預けてくれるのだ。何より、情事の最中の新條はとても艶《つや》っぽく扇情的で、嫌々抱かれているとは思えないほど乱れてくれる。

「あのギャップが、ホンマ堪《たま》らん」

思わず頬《ほお》がゆるんだ。

天《あま》の邪鬼《じゃく》で不器用で、多分、まだ新條は戸惑っているのだろうと藤森は予想している。不遇だった少年期、愛情をほとんど与えられずに育ち、生きることに意味を見失っていた新條に、いきなり手放しに「好きだ、好きだ」と繰り返したところで、素直に受け入れられるわけがない。

ましてや、男同士だ。意地もプライドも人一倍のヤクザだ。互いに認め合ってはいても、女のように抱かれて快楽に溺《おぼ》れさせられて、戸惑わない方がおかしい。

もしかすると新條は、藤森に対する感情を認められずにいるのではないか――。

「まあ、気長にいくけどな。十年以上我慢したんや。今さら何年待たされても、手放すつもりなんかないし」

ひとり呟いて、藤森はごろりと横になった。コンクリートの床や壁はひんやりしているが、室温自体は適温で、寒さや暑さを感じることはない。呼吸もまったく問題がなく、どうやらこの閉ざされた空間は外部からしっかり管理されているらしい。

藤森は今すぐ命が危険に晒されることはないと判断し、少しでも体力を温存すべく休息をとることにした。

音も光もない空間は確かに不気味で、不安がないと言えば嘘《うそ》になる。

しかし、目を閉じ眠ってしまえば何も恐れる必要はない。

「果報は寝て待て……言うしな」

藤森はそっと瞼《まぶた》を閉じた。

そして、数分後には規則正しい寝息を立て始めたのだった。

藤森の安眠を妨げたのは、重い金属同士を摺《す》り合わせるような、酷《ひど》く不快な音だった。

針の穴ほどの隙間もないと思われた空間に光が射し込み、藤森はその眩《まぶ》しさに思わず顔を顰《しか》める。

やがて真っ暗過ぎて高さも判別できなかった天井に、一メートル四方の穴が開いた。

藤森は光に目が慣れるのをゆっくり待ちながら、光の穴を見上げた。天井の高さは三、四メートル、いやそれ以上はあるようだ。

「さすがに関西の虎《とら》は、肝の据わり方が違うようですね」

穴から降ってくる聞き覚えのある声に、藤森は何度か目を瞬かせながら答える。

「なんや……。どこの誰《だれ》がこんなしょうもないことしよるんかと思ったら、鶴巻《つるまき》さん、アンタやったんか」

眇《すが》めた目で逆光の中にスーツのシルエットを捉《とら》え、藤森は小さく舌打ちした。

「久し振りですねぇ。盃式以来になりますか？」

田渡組の盃を受け関東藤森組を立ち上げて以降、藤森はほとんど鶴巻と顔を合わせる機会がなかった。多忙だったこともあるが、意図して田渡組と距離をおいていたせいもある。

「なあ、鶴巻さん。当然、田渡の爺《じい》さんは、このコト知らんのやろ？」

間延びした声で藤森が訊ねると、シルエットの肩が小さく揺れた。

「ふふ……、親爺《おやじ》の指示だと言ったら？」

鶴巻がククッと笑いを噛み殺して問い返す。

「ははは っ、そらないわ。まあ、もし田渡組が仕組んだことやとしたら、俺はえらいミスを犯したことになるわなぁ」

平然と言ってみせながら、藤森はさてどうしたものかと思案を巡らせた。

関東藤森組や自分を目の敵にしている連中が多いことは自覚していたし、田渡の配下にもそういった連中がいて当然だと思っていた。数カ月に亙《わた》って続く嫌がらせにしても、組を立ち上げる前の暗殺未遂にしてもそうだ。

あまりにも思い当たる節が多過ぎて、今回の黒幕を絞り切れずにいた藤森だったが、まさか田渡組若頭である鶴巻が、自ら乗り出してくるとは予想していなかったのだ。

田渡邸にいた頃から、自分に対して何かしら思うところがあったようだが、こんな乱暴な手段に出る男だとは思ってもいなかった。鶴巻ならもっと緻密《ちみつ》で繊細な、それこそ真綿で首を絞めるような方法をとるだろうと勝手に思い込んでいた。

「で？　俺をどないするつもりや？」

ようやく光に慣れた藤森の目が、逆光の中で醜い笑みを浮かべる鶴巻の顔を認める。その口端から頬に伸びる傷痕《きずあと》が、白く浮き上がって見えるのが妙に妖《あや》しく映った。

「さあ、どうしましょうか？　新條くんに連絡して金を要求するなんてのは、あまりにも芸がなさ過ぎますしね。他の組に売り渡す……というのはいかがですか？　伊舘《いだて》組の賀来《かく》あたりなら、かなりの高額で引き取ってくれると思いますが」

「そんなことしても、アンタに旨《うま》みはないやろ。下手に動いて田渡の爺さんにバレでもしたら、破門どころの騒ぎやないで?」

淡々と告げる藤森を、鶴巻は嬉《うれ》しそうに見下ろしている。

「もうちょっと頭のええ人やと思っててんけど。鶴巻さん、アンタ結構、考えなしに動く人やなぁ」

藤森の挑発的な言葉にも、鶴巻は気味の悪い微笑《ほほえ》みを浮かべるだけだ。

「フフフ……、そんなヘマはしませんよ。今回のことはあくまでも私の趣味と実益を兼ねて単独でやっていることで、親爺どころか闘神会の誰も知りません」

藤森は眉を寄せて訝《いぶか》しむ。

「趣味のわりには、人手がかかってるみたいやないか。それに、単独とか言うてもアンタがひとりでやってるんと違う。……ちゅうことは、そのうちどっかから漏れるってことや。人の口に戸は立てられへん。それぐらい分からんアンタやないやろ?」

「本当に大阪の人間というのは、芸人じゃなくてもお喋《しゃべ》りが好きなんですねぇ。おまけに、こんな状況で私のことまで心配できるなんて、あなたには感心させられてばかりです」

鶴巻の頭上に見える青空と差し込む日差しの角度から、藤森は少なくとも拉致されて丸一日が過ぎていると理解した。

「ですが、ご心配頂かなくても大丈夫です。物騒な口はすでに塞《ふさ》いでおきました」

「……なんやと？」

藤森は顳顬《こめかみ》をビクリと痙攣《けいれん》させた。嫌な予感が胸を過《よぎ》る。

「ここは私が特別に造らせた地下室なんですが、居心地はいかがでしたか？　窓がないのは仕方ないとしても、決して不快ではなかったでしょう？　室温も湿度も自由に設定できて、防音や断熱効果も完璧《かんぺき》です。……さて、ここを何に使うか、分かりますか？」

春の日差しを燦々《さんさん》と背に浴びた鶴巻が、凄絶《せいぜつ》な笑みを浮かべた。

「――っ！」

恐怖とも嫌悪とも違う、世界中のマイナス感情を一気に浴びせられたような感覚に、藤森は思わず身震いした。鼓動が高鳴り、うっすらと背中に汗が滲《にじ》む。

「……とりあえず、あんまりええ趣味とは思わんけど？」

鶴巻の放つ陰湿なオーラに気圧《けお》されながらも、藤森はのんびりとした声で答えてみせた。

「私にとって、ここはとても大切な空間なんです」

いつもの淡々とした声とは違って、鶴巻の声は幾分、興奮して熱を帯びているようだ。

「あなたのように捕らえた人間を監禁するのにはもってこいですし、他にも使い道はたくさんあります」

そう言うと、鶴巻が振り返って背後に向かって何か指示を出した。

「……たとえば、ほら」

しばらくして、再び鶴巻が穴を覗《のぞ》き込む。

すると、鶴巻の脇《わき》から、大きな物体が投げ入れられた。

「お……おいっ！」

ひと抱えほどもある物体が、ドサリと鈍い音を立てて藤森の目の前に落ちる。口を紐《ひも》できつく縛られたズダ袋のような物体を見つめ、藤森は眉を寄せた。

「当たると危険ですよ、藤森くん」

鶴巻の楽しげな声に続いて、さらに四つ、穴から投げ込まれる。ドサリ、ドサリとコンクリートの床に叩きつけられたズダ袋は、最初に放り込まれた物よりもひと回りほど大きかった。

「こうやって処分に困ったゴミを隠しておくのにも適しています。見ただのコンクリートでできているように見えますが、焼却炉と同じ機能も備えていてね。高温で一気にゴミを燃やすことも可能なんですよ」

藤森は足許に転がった大小五つのズダ袋を凝視する。

「おい、鶴巻さん。まさか……」

いびつに歪《ゆが》んだズダ袋の形状から、藤森はようやくその中身が人であると覚《さと》った。

「さすが、察しがいいですね。ご想像のとおり、ソレはあなたをここまで運んでくれた、私の子飼いの者たちです」

さらりと告げる鶴巻を、藤森は信じ難い気持ちで仰ぎ見た。

「アンタ……噂《うわさ》に聞く以上に鬼畜やな」

「お褒めの言葉と、受け取っておきますよ」

突き刺すような藤森の視線に怯《ひる》むことなく、鶴巻が青白い顔を綻《ほころ》ばせる。

「あんな子供まで使い捨ての駒《こま》扱いするんか？」

藤森は怒りに全身を小さく震わせながら、一番先に放り込まれた小さめのズダ袋を見つめた。転んで泥んこになって泣きじゃくった少女のいたいけな姿が、鮮明に脳裏に浮かぶ。

「おや、アレが子供に見えたんですか？　だったら褒めてあげないといけませんね。アレはああ見えて、もう立派な大人です。しかも相当な性悪でね。ロリコン親爺を騙《だま》して、慰謝料や示談金を巻き上げるような女だったんですよ。そろそろ使い勝手も悪くなってきたので、最後にこの仕事を与えてやったんです」

こともなげに言ってのける鶴巻に、藤森はかつて感じたことのない激しい嫌悪と侮蔑《ぶべつ》の念を抱いた。

藤森自身、刃向かってくる相手には容赦しない性質《たち》だが、少なくとも自分の下にいた人間をただの手駒として扱ったことはない。裏切りや不義理など、藤森の倫理観から外れない限り、決して自分の身内と認めた人間に手を下すことはなかった。

「あなたをあの屈強なボディガードの目から引き離す役にひとり。あなたを失神させ拘束し、車に運ぶ役に二人、そして、車の運転手――。藤森くん、あなたひとりのために、私は四人……ああ、見張りも含めれば五人ですか。結構な手間をかけさせられました」

まるで藤森に責があるかのような言い草だった。

「これだけの手間をかけたのですから、あなたにはそれに見合う分だけ私を楽しませてもらわないと割に合いません」

鶴巻が穴の縁から身を乗り出すようにして白い歯を見せた。喜色に歪む口端から頬に伸びた傷痕がテラテラと妖しく光って、藤森の不快感を煽《あお》る。

「生憎《あいにく》、俺はアンタを楽しませるような芸なんか、ひとつも持ってへんけどなぁ」

藤森の皮肉に対して、鶴巻が高らかに声をあげた。

「ははは……。心配しなくても、演出はこちらでさせていただきます。あなたはいつまでそうやって余裕を保っていられるか、ご自分の限界について考えていれば充分ですよ」

「何をわけ分からんこと言うてんねん」

鶴巻の意図を読めないまま、藤森は忌々しげに溜息を吐いた。

「それでは、準備が整うまで、もうしばらくそのゴミとご歓談ください。……ああ、少々臭うかもしれませんが、あなたなら慣れたものでしょう?」

鶴巻は頬の傷痕をツルリと撫でながら言うと、四角い光の中から消えた。

耳を覆いたくなるような金属を引き摺る音が再び響き、天井の穴が塞がれていく。

「ふんっ」

徐々に小さくなっていく穴を見上げながら、藤森は小さく舌を打った。

どうやら、思っていた以上に面倒なことになったらしい。

視界が再び漆黒の闇に覆われたところで、藤森は初めて身の危険を肌に感じた。

「さて、どないしたモンかな」

わずかに鼻を刺激する死臭に、顔を顰める。

漆黒の闇の中に、不機嫌そうに眉を寄せる新條の顔が浮かんでいた。

◆　◆　◆

藤森が行方不明になって二日目の深夜。

組事務所にあてられたマンションの一室で、新條はリビングのローテーブルに思いきり拳《こぶし》を叩きつけた。

「平日の午後だぞ。人目だってそれなりにあったはずなのに、どうして不審な人間や車の目撃情報がないんだっ」

丸二日が過ぎたというのに、新條は藤森の行方に関する情報をまるで得られないでいた。

ウィスタリア・コーポレーションの業務は通常どおりこなしつつ、各方面への藤森絡みの予定をすべてキャンセルし、組の構成員たちは極秘で藤森の捜索を続けている。

今のところ、藤森が失踪したことは外部には漏れていないようだが、それも時間の問題だろうと新條は気が気でなかった。

「兄貴……」

泰三がコーヒーの入ったマグカップを新條の前にそっと差し出す。

「少しは休まないと」

「……悪いな、泰三」

濃いめのブラックコーヒーを胃に流し込みながら、新條はこれまでにあった藤森個人や組、そして会社への嫌がらせの時期や内容について考えた。

最初は、いつだった——？

記憶の引き出しを探ると同時に、藤森と出会ったばかりの頃を思い出す。

鮮烈な第一印象に、一目惚れに近いような感覚で藤森に惹《ひ》かれたのだと、今なら新條にも認めることができる。

田渡邸で身体と心ごと屈服させられ、反発を覚えながらも、藤森の度量とその瞳が見つめる未来に憧《あこが》れを抱かずにいられなかった。

関東藤森組を立ち上げ、ウィスタリア・コーポレーションを起業し、組長補佐兼取締役専務として藤森とともに歩む日々は、今までの人生で一番充実していたと思う。

『俺とおったら、生きてんのが楽しいてしゃあないって、そうなるで？　約束したる』

藤森が言ったとおりだ……。

そう苦笑を漏らしつつも、新條はもっとも楽しかったのは、田渡邸の離れで暮らしていた頃ではないかと思った。

毎日のように藤森に振り回され、様々な情報を次から次へと頭に詰め込み、それこそ刺激だけを浴び続けた日々――。

あれから一年半しか経っていないのに、随分と遠い昔のことのように感じる。

「……あ」

そのとき、新條はふと声を漏らした。

「どうしたんスか、兄貴？」

会社では決して使わない言葉遣いで泰三が訊ねてくる。

「いや、ちょっと……」

新條の脳裏に、田渡組の若い衆のはにかんだ笑顔が浮かんでいた。藤森と新條の身辺警護にあたってくれていた若い衆は、ある日突然、何者かによって街中で手首を切り落とされる惨劇に見舞われた。

藤森が自分への見せしめだと言って、酷く悲しみ落ち込んだのを、新條は昨日のことのように思い出す。藤森は今も、田渡組を離れた若い衆と連絡をとり、生活の援助を行っていた。

「まさか、あの頃からずっと、同じ……奴が？」

藤森を殺そうと田渡邸に侵入した男も、もしかすると延々と続く嫌がらせの犯人と繋がっているのではないか。

藤森の躍進を快く思わない人間や組織は複数確認しているが、それらすべてが繋がっていると仮定するのは、間違っているだろうか。

仮定というには曖昧過ぎる憶測に、新條は唇を嚙んだ。


状況が一気に動き出したのは、明け方近くになってのことだった。

焦燥が限界に達しようとしていた新條の携帯電話に連絡が入ったのだ。

『もしもし？　お宅の組長さん、うちで預かってんのよね』

前置きもなく、いきなり間延びした声で相手は言った。口調は女のようだが、変声機を通した声では判別は難しい。

「何を言っているのか分からないな。かける相手を間違っているんじゃないのか？」

心臓が口から飛び出しそうなほどの緊張をおくびにも出さず、新條はあえてしらばくれた。どこかから藤森失踪の情報を得た第三者の、騙《かた》りである場合も考えられたからだ。

『噂に違《たが》わず慎重なのね。……公園でお花見していたウィスタリア・コーポレーション社長で関東藤森組組長、そして、田渡組組長の孫の藤森虎徹クン二十六歳男性をお預かりしているって言えば、迷子センターまでお迎えに来てくれるのかしら？』

挑発するような機械的な声に、新條は息を呑《の》む。藤森の肩書きはともかくとして、田渡の孫であると知っているのは、いまだにごく一部の人間だけのはずだ。

相手が間違いなく藤森を公園から攫った人物だと確信して、新條は携帯電話をきつく握りしめた。

「あ、兄貴……？」

表情を強張《こわば》らせる新條を見つめ、泰三が泣きだしそうな顔をする。

新條はゆっくりと唾液《だえき》を呑み込むと、抑揚のない声で相手に問いかけた。

「目的はなんだ。藤森は無事なんだろうな」

平静を装う新條の声を嘲笑《あざわら》うかのように、相手が耳障りな笑い声をあげた。

『目的なんかどうでもいいでしょ？　アタシはただ、面白おかしく欲望のまま生きたいだけ』

金を求めるでもなく、他に取り引きを持ちかけるでもない相手に、新條は焦燥を覚えた。

『アンタたちには、もっと楽しませてもらうつもりよ』

「ひとつだけ答えろ。藤森は、無事なんだな。そこにいるのか？」

それさえ分かればよかった。藤森が無事なら、あてもなく捜し回っておろおろするより、相手の要求に従うフリをして対策を立てられる。

「藤森の声を聞かせろ。できないなら、こちらは……」

『うるさいわねぇ』

知らず早口で捲《まく》し立てていた新條の声を、相手が遮る。

『藤森虎徹クンが生きているか、あなたが自分の目で確かめてみたらいいんじゃない？』

相手は明らかにこの状況を楽しみ、遊んでいる。

そう、相手は遊んでいるのだ。藤森の拉致をきっかけに、新條や関東藤森組を遊びの道具にしようとしているのだ。

ならばその遊びに、誘われてやればいい。

新條は冷静さを取り戻していた。

「分かった。見に行ってやるから、場所を教えろ」

相手の誘いに乗ることに、躊躇いはない。

だが、ただ遊ばれてやるだけのつもりも新條にはなかった。

これだけ手の込んだ遊びを仕掛けてくるからには、電話口の人間の後ろに黒幕の存在があるに違いない。

闘神会の敵対組織か、それとも内部の相反する連中か分からないが、誘いに乗ってやればすぐにも判明するだろう。

『フフフ……、さすが藤森虎徹が選んだ男だわ。話が早くて助かるぅ』

顔も知らぬ相手が醜く顔を歪めて笑う様子が、新條には手にとるように分かった。

全身が瘧《おこり》にかかったように震え、嫌悪と憤りに腑《はらわた》が煮え滾《たぎ》る。

「さっそくだが、どこへ向かえばいい？」

組のトップが白昼堂々と拉致された揚句、二日過ぎても手掛かりすら摑めずにいるなど、田渡や他の闘神会傘下の連中に知られたら、それこそ関東藤森組の面目が立たない。藤森だけでなく新條の沽券《こけん》にも関わる。

組の看板に泥を塗るばかりか、やっと足場を固めつつある関東藤森組が窮地に追い込まれかねないのだ。

『せっかちな男は嫌われるわよ』

器械の音声相手に話すのも、いい加減我慢の限界だった。携帯電話を握る新條の手に汗が滲み、噛みしめた奥歯がギリギリと音を立てる。

「うるさい、さっさと場所を教えろ」

新條は逸る気持ちを抑えられなかった。相手が何者かも知れない上に、罠《わな》だと分かり切っていても、ここで引くわけにはいかない。

藤森を無事に取り戻し、さらに相手を完膚なきまでに叩き潰《つぶ》さない限り、関東藤森組に未来はない。

『あなたがその気だって分かればいいの。大丈夫、またこっちから連絡するわ。じゃあね』

そう言って、相手はいきなり電話を切ってしまった。

「お、おいっ、待て……っ！」

まるで新條の焦りを嘲笑うかのように、ツーツーというビジートーンが虚《むな》しく響く。

「クソッ、ふざけやがって！」

携帯電話をソファに叩きつけ、新條は髪を乱暴に掻き乱した。眼鏡《めがね》を外して眉間を指で押さえながら、舌打ちを何度も繰り返す。

「兄貴、いったい相手は何者なんスか？」

泰三が恐る恐る訊ねるのに、新條は首を振ってみせる。

「どこの誰だか分からないが、藤森……組長の身を相手が確保していることは間違いない」

相手の正体どころか、藤森がどこにいるかの手掛かりも得られないまま、無為に時間が過ぎたことが今になって悔やまれる。

「また連絡すると言っていた。……相手はゲーム感覚でいやがる」

新條の鼓膜に、耳障りな器械の音声がいつまでもこびりついて離れない。

「また……って、いつですか?」

「知るかよ。……とにかく今は、待つしかない。外に出てる結城さんたちに戻ってくるよう連絡してくれ」

新條はぐったりとソファの背にもたれて天井を仰いだ。東の窓からオレンジ色の日の光が差し込み、藤森が攫われて三日目の朝を迎えようとしていた。

胃が引き絞られるような時間を、新條は無言で過ごす。

電話が切られてからおよそ三十分後、手掛かりを求めて夜通し街に出ていた結城や構成員たちが事務所に戻ってきた。

皆が皆、憔悴《しょうすい》し切っている。

泰三と若い衆が淹《い》れ直したコーヒーを全員に配って回っていた、そのとき、不意に泰三の携帯電話が高らかに着信音を鳴り響かせた。

「な、なんだよ、こんなときに……メールなんてっ」

泰三が慌ててスウェットのポケットから携帯電話を取り出す。そして、液晶画面を覗き込んだ瞬間、泡を吹かんばかりに驚いた様子で新條に携帯を掲げてみせた。

「あ、あああ、兄貴っ！」

泰三の手から携帯電話を取り上げ、新條はそこに浮かぶ文字に見入る。

メールのタイトルは『九時』とあり、本文はなかった。しかし、地図のデータが添付されていて、ある場所に赤い星が記されていた。

「ど、どういうことッスか？」

「九時にこの地図の場所に来いということだろう」

新條が静かに答えると、泰三や結城、その場にいた全員に緊張が走った。

「川崎方面か……。そう遠くはないな。結城さん、車を出してくれ。泰三は今までどおり、本社で通常業務をこなしつつ俺からの連絡を待つんだ。事務所には二人ほど、念のために腕の立つ者をおいておけ」

手短に指示を出すと、新條はすっくと立ち上がった。結城が急いで事務所を出ていく。指定された時間までは余裕があったが、じっとしてなどいられない。

「兄貴、どうか……くれぐれも無茶はしないでくださいね！」

泰三が心配そうに見送るのに、新條は手を振る余裕もなかった。

マンションのエントランスを出たところで、結城が車を回してさてくれた。すぐに乗り込み、地図の場所に向かう。

「結城さん、途中で飯、食っていきましょう。あれからほとんど食べてないですよね」

「大丈夫です」

「俺が食べたいんですよ。いろいろ考えるのに、糖分が足りてないんだ」

「……分かりました」

藤森が拉致された責任を一身に背負っている結城の表情は、いつになく強張っていた。仕方のないことだと思うが、ここからが大事なときだ。

それに、相手から連絡があって以後、新條はこの騒動に違和感を覚え始めていた。

もし、訓練されたプロが絡んでいたとしても、こうまであっさりと藤森が拉致されてしまうなど、どうしても納得いかないのだ。

いくら自分の庭ともいえる場所でリラックス状態にあったとはいえ、自分がどれだけ周囲から敵対視されているかは、藤森本人が一番よく理解していたはずだ。たとえ自分の部屋にいるときでも、一秒たりとて油断するような男ではない。

よほど藤森が気を許すような相手だったのか、それとも、あの藤森ですら抵抗の叶《かな》わぬ相手だったのか……。

新條の胸に、藤森の人を小馬鹿にしたような不敵な笑みが浮かび上がる。

「……あの馬鹿野郎っ」

心配とは裏腹に、口を突いて出るのは恨み言ばかりだった。

途中、牛丼チェーン店で食事を済ませ、新條と結城は約束より一時間ほど早くに指定された場所に到着した。

そこは二十四時間営業のファミリーレストランだった。

店に入ることも考えたが、新條は駐車場の出入口がよく見える場所に車を停めさせ、車中で相手の出方を待つことにした。一方で、泰三にメールで到着を知らせる。

結城が傍にあった自動販売機でコーヒーを買ってきてくれ、二人で啜《すす》りながら約束の時間になるのを待った。

新興住宅街という場所柄もあってか、早朝から店へやってくる客が予想以上に多い。車が駐車場に入ってくるたび、新條はその運転手を睨みつけてしまう。

やがて、約束の時間である九時を三分ほど過ぎたとき、一台のランドクルーザーが駐車場に入ってきた。

「結城さん」

新條の呼びかけに、結城がサングラスのブリッジを指で押し上げる。

ランドクルーザーは迷うことなく新條たちの車の前を塞ぐように停まった。間違いなく、藤森を拉致した相手だろう。

「え」

しかし、車から降りてきた二人の男を見て、新條は思わず声を漏らしてしまった。見るからに二十歳《はたち》そこそこの、渋谷界隈を闊歩《かっぽ》しているような若者だったのだ。

「アンタ、新條さん？」

助手席の窓をノックして、耳にいくつもピアスをつけた若い男が、くちゃくちゃとガムを噛みながら訊ねてくる。もうひとりのニット帽を被った男は運転席側に回り込んだ。

新條は窓を開けて「そうだ」と頷く。

「降りて、オレの車に乗ってくんね？　んで、運転手のオッサンはコイツと代わって」

「……新條さん」

結城が戸惑いを見せるのに、新條は小さく首を振って従うように言った。

「大丈夫だ」

結城が渋々といった様子で車から降りる。入れ替わりにニット帽の男が運転席に滑り込んだ。

結城にしてみればこんな若僧二人ぐらい、一瞬で片付けてしまえるだろう。しかし、藤森の居場所に辿《たど》り着くために従う他なかった。

新條がランドクルーザーの後部座席に乗り込むと、中にもうひとり別の男がいて、すかさずナイフを突きつけ後ろ手に手錠を嵌められた。

その間にピアスの男がランドクルーザーをゆっくりと新條たちの車の前から退《ど》かせた。

すかさずニット帽の男が車を発進させ、勢いよく駐車場から走り去る。

「おい、どういうことだ」

結城が運転席の窓越しにピアスの男に詰め寄るのを、新條は後部座席から見ているしかなかった。

「悪いけど、アンタたちの車、オレらが貰《もら》えることになってっから」

肩を怒らせて睨みつける結城に男がおかしそうに言った。

「オッサンはそこで三十分、じっとしてろ。店の中と別の車に見張りがいて、オッサンが少しでも動いたら、店の客を好きにしていいって言われてんだよね」

――悪趣味だ……。

結城がその巨軀に怒りと苛立ちを募らせるのを見つめながら、新條は胸の中で唾《つば》を吐きつけていた。

「じゃあ、行こうか」

ピアスの男がガムを嚙みながら新條を振り返る。

「アンタには目隠ししてもらって、爆音デスメタル聞きながらのドライブを楽しんでもらうから」

「好きにしろ」

この場で殺すようなことはしないだろうと踏んで、新條は相手の指示に従った。すぐに隣に座った男にアイマスクとヘッドフォンをさせられる。

「……うぅっ」

鼓膜が破れんばかりの爆音に、新條は堪らず顔を顰めた。

外された眼鏡がスーツの胸ポケットに押し込まれ、当然、携帯電話も取り上げられる。

そして、駐車場に結城を残したまま、ランドクルーザーが静かに動きだした。

公道に出ると、一気にスピードが上がる。

乗り慣れない車種のせいか、それともヘッドフォンから津波のごとく押し寄せる激しい音のせいか、新條ははじめて車酔いを経験した。

嘔吐《おうと》感と緊張感に苛《さいな》まれながら、どれほどの時間が過ぎただろうか。

車が今まで以上にガタガタと激しく揺れ、悪路に入ったことを新條に知らせる。

すると、不意に肩を叩かれ、乱暴にヘッドフォンが外された。

「っ……はぁ」

気が変になる一歩手前で爆音から解放され、新條は思わず盛大な溜息を吐いた。続けてアイマスクを外され、明るさに目を瞬く。

「着いたよ」

運転席から男が告げるのと同時に、車が停止した。

新條は霞《かす》む視界に目を凝らす。手錠は嵌められたまま、眼鏡は胸のポケットだ。

「降りろ」

ドアが開けられると同時に隣の男に蹴《け》り出された。肩から地面に叩き落とされ、土埃《つちぼこり》が舞い上がる。

「う……っ」

何度か咳《せ》き込みながらも、新條はゆっくりと起き上がり、周囲を見渡した。

「どこ……だ」

新條たちがいる場所を取り囲むように、白い岩山がそびえ立っている。山の斜面はどこも人工的に削り取られていて、焦点が合わない新條の目にも、ここが採石場であると判断できた。遠くには緑の山々が連なり、採石場の建物以外に人家らしきものは見えない。結構な時間、車に揺られていたことを考えると、東京からかなり離れた場所であると新條は予想した。

そこへ、先にファミリーレストランから走り去った新條たちの車と、もう一台、黒塗りの高級外車が現れた。

新條は背中を丸めるようにして、黒塗りの車を凝視する。自分たちを翻弄《ほんろう》して楽しんでいる人物が、あの車に乗っているに違いないと思った。

巻き上げられた土煙が収まると、黒塗りの車から運転手が降りてきて、後部席のドアを開けた。

何者だ……。

新條は眉間にきつく皺を寄せ、車から降りてくる人物に視線を注ぐ。

ゆらりと踊るように車を降りてきたのは、新條の知っている男に似ているようだった。

「ま……さか」

ゆっくりと、しかしまっすぐに新條に歩み寄る人物が、右手を上げて声をかけてくる。

「やあ、新條くん。ドライブは楽しかったですか？」

目の前で立ち止まった男が、新條の胸ポケットから眼鏡を取り出し、汚れを払ってから丁寧な手つきでかけてくれた。

「な……ぜだ？」

鮮明になった視界に映る青白い男の容貌《ようぼう》に、新條は声を震わせた。

「……何故《なぜ》だなんて、野暮な質問ですね」

鶴巻が新條の肩や背中の土をパンパンと叩き落としながら、陰湿な微笑みを浮かべる。

「せっかくのスーツが台無しだ。悪かったね、最近の若い人はなかなか礼儀というものを弁《わきま》えてくれなくて」

口端から頰に伸びる傷痕を引き攣《つ》らせて、鶴巻がねっとりとした目で新條を見つめた。

その目線に、新條は思い出す。

田渡邸で暮らしていた頃、鶴巻はまとわりつくような視線を藤森に送っていた。

まさか、という想いは常にあった。

しかし今は、やはり――という口惜しさにも似た感情が新條の胸に渦巻いている。

「もしかしてなくても、うちへの嫌がらせの数々は……鶴巻さん、あなたが……？」

鶴巻は答えない。ただニヤリと笑って新條を見つめるだけだ。

「ふふ……っ」

まるで蛇が獲物を見つけて鎌首《かまくび》を擡《もた》げたような雰囲気と、感情の読み取れない妖しい笑顔に、新條の背筋がゾッと冷たくなる。

蛇が絡みつくような鶴巻の視線を受け止めながら、新條の脳裏にふと疑念が湧《わ》く。

田渡邸の離れで藤森の命を狙《ねら》った暴漢の首を、鶴巻が見せしめと言って顔色ひとつ変えずに掻き切った記憶が甦《よみがえ》った。

「答えてくれ、鶴巻さん」

『証拠隠滅……そして見せしめですよ。これで藤森虎徹の命を狙おうなどという馬鹿は、そうそう現れないでしょう』

まさかあれも、鶴巻が仕組んだことだったとしたら……。

「田渡邸で俺が撃たれたとき、取り押さえた男を殺したのは……何故ですか」

「ああ……」

鶴巻が身の毛もよだつような微笑を浮かべた。

「あなたや藤森くんがどんな顔をするか見てみたかったんです。まさか本当に撃つなんて馬鹿な真似《まね》をするとは思っていませんでしたけどね。お陰で、新條くんが苦痛に喘《あえ》ぎ、藤森くんが取り乱す姿が見られました。馬鹿は馬鹿なりに役に立つものですねぇ」

「……そんなっ」

けろりと真相を口にする鶴巻を、新條は信じられない想いで睨みつける。

「ついでに言うと、うちの若い衆の手首を切り落としたのも私の手の者です。理由は同じです。かわいがっていた者が傷つけられたとき、藤森くんがどんな反応をするのか知りたかった」

新條は耳を疑った。

ただ、知りたかった、見てみたかった——。

鶴巻はそれだけのために、人の命や人生を簡単に奪うのか……と。

「それより、こんな埃っぽい場所からはさっさと退散しましょう」

愕然《がくぜん》として立ち尽くす新條の肩を抱いて、鶴巻が車に戻る。

高級外車の後部座席に押し込まれながら、新條は自分をここまで運んできた若い男たちを見やった。

車が走り出すと同時に、鶴巻が口を開く。

「近頃の若い人は礼儀はなっていませんが、多少のお金とスリルをひけらかしてやると、簡単にいい手駒になってくれるので重宝しています」

新條がスモークガラスの向こうに二台の車を眺めていた、そのとき、激しい爆発が二度、立て続けに起こった。

「な——っ」

火柱と白煙、そして土煙がもうもうと立ち籠《こ》めるのは、ランドクルーザーと新條たちの車が停まっていたあたりだ。

カン、カン……と、爆風で飛ばされた石や車の破片が高級車に降り注ぐ。

「まったく、もう少し離れてから爆破しろと言っておいたのに……」

鶴巻が呆《あき》れ声で零すのに、新條は思わず叫んでいた。

「あの男たちを、殺したのかっ！」

車ごと爆発させるなど、常軌を逸している。

「心配しなくてもこの採石場は私の持ち物です。発破の届け出を提出して立ち入りも厳しく制限してあるので、爆発音や火柱が上がったところで不審に思う者はいません」

鶴巻が表情ひとつ変えずに言うのを、新條は忸怩《じくじ》たる想いで聞いていた。

「カタギや身内といえども、こちらの手の内を明かした者に情けなどかけてはいけません。ああいった考えなしの人間は特にそうです。もしドジを踏まれたら……尻拭《しりぬぐ》いをさせられるのはこちらなんですから」

人を人とも思わぬ鶴巻の口ぶりに、新條は激しい憤りを感じた。しかし、ここでそれを爆発させるわけにはいかないと、ぐっと奥歯を嚙みしめ、耐え忍ぶ。

「特に、自分の下に置く者には、しっかり立場を弁えさせないといけません。私のような上に立つ者とは違うのだと、徹底的に思い知らせてやるべきです。……ですから、罰は徹底したものを与え、他の者にもしっかりと見せつけてやらなければならない。裏切ったり、ミスを犯したらどうなるのか、身体の芯《しん》のもっと奥深くまで叩き込む必要があります」

車は緑の樹々に覆われた山道を下っていく。

新條は今はじめて、鶴巻の本性を目の当たりにした気分だった。

「いいですか、新條くん。人情なんて利用する価値しかないいんです。たとえ素人でも、小さな子供でも、用が済めばただのゴミです。余計な問題を引き起こされる前に処分する。容赦など必要ない」

鶴巻の穏やかな口調に、徐々に熱が籠《こも》り始めていた。滑舌がよくなり、ときどき舌が跳ねるように吃音《きつおん》が混じる。

「そして、それは残虐なほどに美しくなければいけません。そうでないと、相手に絶望を与えることができませんからね」

鶴巻は明らかに興奮している。

車内が異様な空気に包み込まれるのを、新條は肌で感じていた。暑くもないのに全身が汗ばみ、胸騒ぎを覚える。

果たして、本当に藤森は無事なのだろうか。

もしかすると、すでに鶴巻の手によって、あの世へ送られてしまったのではないか。

新條は不安を振り払うように、小さく首を左右に振った。

まさか、藤森に限ってそう簡単に死ぬわけがない――。

「ですからね、新條くん」

鶴巻が上機嫌で新條に肩を寄せ、耳許へ囁《ささや》きかける。

「あなたにはとびきり素晴らしいショーを見せてあげます。楽しみにしていてください」

そう言うと、鶴巻がいきなり新條の眼鏡を外し、再びアイマスクを被せてきた。そして、それきり口を噤《つぐ》んでしまう。

闇に遮断された世界にポツンと放り出されたような感覚に、新條はさらに不安を掻き立てられた。藤森はどこにいて、自分はどこへ連れていかれようとしているのか。泰三や結城はどうしているだろう。不安が不安を呼ぶ悪循環に、新條は唇を噛みしめる。

今、関東藤森組は組長以下幹部がほとんど身動きできない状況だ。しかも組長と補佐の二人が人質同然となっている。

こんなときに事務所やウィスタリア・コーポレーションの管理する店や施設に、鶴巻の配下や他の敵対する組織の人間が押し寄せたらと思うと、新條は気が気でなかった。

もし、鶴巻が自分に都合よく田渡組――ひいては関東闘神会を手に入れるつもりでいるなら、手始めに田渡の孫である藤森と関東藤森組を潰そうとするのも納得がいく。

そして、今なら、鶴巻は容易《たやす》くそれを叶えることができるだろう。

もしかすると、この誘いに乗ったのは判断ミスだったかもしれない。

そんな想いに歯噛みしながら、新條は必死に今後どう対処すべきかを考え倦《あぐ》ねていた。

車はひたすら走り続ける。

行き先は、きっと地獄の入口だ。

新條にはそうとしか思えなかった。


一時間ほど走っただろうか。

車がゆっくりと停止するのを感じて、新條は身体を強張らせた。

「着きましたよ、新條くん」

楽しげな鶴巻の声に、新條は「ここはどこだ」と問い返す。

漆黒の闇と静寂に包まれて過ごした時間は、新條の心を荒ませるのに充分な効果を与えていた。冷静にならなければと思えば思うほど焦りが生まれる。

「そんなにカリカリしなくても、ちゃんと藤森くんのところへお連れしますよ」

鶴巻に揶揄《からか》われ、新條は余計に苛立ちを覚えた。完全にこの男の掌《てのひら》の上で転がされているのが口惜しくて仕方がない。不安とは違う、何か熱くてドロドロとした感情が胸の中で煮え滾る。

「さあ、行きましょう。観客がいなければショーが始められませんからね」

浮き足立った様子の鶴巻に促され、新條は車を降りた。どこからともなく差し出された手に導かれて足を踏み出す。

手を引かれながら歩くと、すぐに自動ドアが開く音がして建物へ入った。中はすべての音が遮断されていた。静寂の中、新條と鶴巻の他、数人の靴音だけが鼓膜を震わせる。

何度か角を曲がり、エレベーターに乗せられる。ガクンと揺れて動き始めた箱の中、新條は胃の腑《ふ》に浮遊感を感じた。エレベーターはかなりの速度で下降しているようだ。

エレベーターが停止すると、再び手を引かれて歩く。

移動中、鶴巻は勿論、新條の手を引く人物も言葉を発しない。

新條は歩いてきた感覚からこの建物の構造を脳内に描こうと試みた。

だが、廊下はあまりに長く、角を左右に何度も曲がったため、新條は早々に脳内に見取り図を描くのを諦《あきら》めた。もしかすると、同じ場所を何度も歩かされているかもしれないという疑念が湧きあがったからだ。

もし、隙を突いて逃げ出すチャンスを得たとしても、新條ひとりでは建物から出ることすらできないに違いない。

新條が投げやりな気持ちになりかけたとき、久々に鶴巻が声を発した。

「ショーの会場はここです」

新條の手を引いていた手が離れ、アイマスクが剝《は》ぎ取られた。すぐに眼鏡がかけられる。

固く閉じていた瞼をおずおずと開くと、眼前に目を瞠《みは》るほど豪奢《ごうしゃ》な装飾が施された扉があった。

仄暗《ほのぐら》いオレンジ色の灯《あか》りの中、ギギギ……と低く軋みながら扉が開かれる。

「……？」

扉の向こうには、中世ヨーロッパの宮殿を思わせる、豪華絢爛《けんらん》な広間が新條を待ち構えていた。

「どうぞ」

鶴巻が頬の傷を引き攣らせて微笑む。

促されて、新條は広間に足を踏み入れた。大理石の床が軽やかな靴音を響かせる。その背後で、やはり大きく軋みながら扉が閉じていった。

広間の入口付近は燭台《しょくだい》やシャンデリアによって趣のある光に照らされていたが、奥に進めば進むほど灯りが減って暗くなっていく。

「さあ、ショーを始めましょう」

新條の隣に立った鶴巻の声を合図に、広間の奥をスポットライトが照らし出した。

「――？」

眩《まばゆ》い光の中に、玉座を思わせる大きな椅子《いす》が浮かび上がった。

「な……っ」

目に映った光景に、新條は声を失う。

「ふじ……もりっ？」

広間の一段高くなった場所に置かれた玉座に、上半身を裸にされた藤森がぐったりと座っていた。玉座の両脇には屈強な男が二人立ち、手にした銃を藤森の顳顬や胸に向けて構えている。

「やめろっ！　藤森を放せ……っ！」

新條は咄嗟に駆け寄ろうとしたが、いつ現れたのか、玉座の脇に立つ男たちと同じような逞《たくま》しい男に抱きかかえられてしまった。

「放せ……っ！　クソッ」

手錠を嵌められ、二人がかりで抱きかかえられては手も足も出ない。

新條はズルズルと引き摺《ず》られるようにして、玉座を正面に見据える場所に置かれた椅子に腰かけさせられた。鉄製の椅子には腰を固定するベルトがつけられており、新條はその細腰を無粋なベルトで縛《いまし》められた。

「勝手な行動は控えてください。なんなら、すぐに藤森くんを殺したっていいんですよ」

鶴巻が真っ赤な舌で唇を舐める。まるで獲物を目の前にした蛇が、チロチロと舌を踊らせるような仕草に、新條は胃の底がきゅっと竦《すく》むのを感じた。

「あなた方には、これから私を楽しませていただきます。充分に期待に応え、私を心の底から楽しませてくれたなら、二人を自由にしてあげないこともありませんせん」

爬虫類《はちゅうるい》独特の湿気を帯びたいやらしい目つきに、新條は激しい嫌悪感を抱かずにいられない。

「……クソッ、今すぐ地獄に堕《お》ちろ！」

堪らず吐き捨てると、鶴巻が心底楽しげな声をあげて笑った。

「ははは……っ。新條くんはその美しい顔に似合わず、口が汚い。やはり育ちの悪さはどうしようもないんですかね」

馬鹿にされても睨むことしかできない自分を、新條は今ほど情けなく思ったことはない。今この瞬間ですら、鶴巻は新條が苦渋に顔を歪めるのを眺めて面白がっている。そう思うと、舌を嚙んでしまいたいほど口惜しくて堪らなかった。

「アンタの趣味の悪さには……反吐《へど》が出る」

憤りを込めて新條が告げる。だが、鶴巻は意に介さず笑みをたたえたままだ。

「私の趣味を他人に理解してもらおうとは思いません。私の悦びは私だけのもの。個人の嗜好《しこう》なんて身勝手で我儘《わがまま》なものですよ」

鶴巻の言い種《ぐさ》に、新條は分かりたくもないと顔を背けた。

「では、始めるとしましょうか」

鶴巻のひと声で、広間の空気が一変した。シャンデリアの灯りが落とされ、壁に設《しつら》えられた燭台の仄暗い光だけが、広間を妖しい雰囲気で満たす。

玉座を照らし出していたスポットライトも消されてしまい、上半身を裸にくたりとなった藤森の姿が、淡い光の中で妙に頼りなく映った。

新條の腰かけた椅子から五メートルはあるだろうか。薬か何かで眠らされているらしい藤森の表情は窺《うかが》えないが、一見したところ大きな外傷は見当たらない。その両手は肘掛《ひじか》けの部分で枷《かせ》に縛められ、足も同じように椅子の下部で金色の枷で固定されている。

「さて、新條くん。もう分かっていると思いますが、あなたが妙な動きを見せれば、藤森くんだけでなく、藤森組の皆さんも無事ではいられませんからね」

鶴巻は時間を追うごとに、興奮の度合いを増しているようだった。

ゆらゆらと揺れる蠟燭《ろうそく》の光の中で、想像もできないような恐ろしいことが始まろうとしている。気味の悪さを覚えつつも、新條は努めて平静を装い続けた。

鶴巻がゆっくりと新條に近づき、蓋《ふた》を開けたアタッシュケースをこれ見よがしに掲げて微笑む。

「どうです、美しいでしょう?」

赤い羅紗布《ラシャ》が敷かれた中に、眩いばかりの宝飾に彩られた様々な形のナイフが整然と収められていた。

「特別に作らせた、世界にたったひとつしかない逸品です」

そのうちのひとつを手に取り、鶴巻が銀色に光る刀身を指でなぞってみせる。鶴巻の人差し指に赤いラインが浮かび上がり、やがて真っ赤な血の雫《しずく》がナイフの刃を舐めるように滴っていく。

尋常でない鶴巻の行動に頰を強張らせながらも、新條はキッと目を見開いて視線をそらさずにいた。

「この美しい刃が人の肌の上を滑っていく様や、その感触が、私は堪らなく好きなんです」

ナイフの刃を伝ってきた己の血を、鶴巻が美味《うま》そうに舌を伸ばして舐め啜った。

「肌を切り裂く感触も、その痛みにうち震える表情も、血を失うにつれてくたりとなっていく姿も、そのひとつひとつが私にこの上ない興奮と快感、そして感動を与えてくれる」

恍惚とした表情で語る鶴巻へ、新條は侮蔑の眼差しを送る。

「やわらかな肌をもった女もいいし、あなたのような無駄な脂肪のない肌理《きめ》細やかな肌の男も捨て難い。けれど、恐れを知らぬ孤高の男を私の好きに斬り刻むときほど、気持ちが昂《たかぶ》る瞬間はありません」

鶴巻が赤い舌で何度も薄い唇を舐める。その様子に、新條は吐き気を覚えた。

「藤森虎徹という男は、私にとって最上級の獲物です。見てご覧なさい。美しく屈強な体軀に張りのあるしっとりとした肌。しかも彼の背には、当代一と誉れの高い彫り師による昇龍《のぼりりゅう》が描かれている」

昂揚《こうよう》して声を震わせながら、鶴巻がまた別のナイフを手にとった。そして幅のある刀身に、うっとりと頬擦りする。

「あの身体にこのナイフで赤い筋を描き、そこから血が流れ落ちる様を眺める日を夢見て、私はいくつもの眠れぬ夜を過ごしました」

「く、狂ってる……っ」

思わず新條が漏らすと、鶴巻が満面に笑みを浮かべた。

「ええ、狂っているんです。そんなことは、とうに分かっています」

鶴巻がペタペタと頬の傷をナイフで叩いてみせる。

「ねえ、新條くん。この傷、どうしてできたか分かりますか?」

おもむろに問いかけられ、新條は眉を顰《ひそ》めた。

「この傷はね、私がまだ完全に狂ってしまう前に、自分で斬《き》りつけたものです」

自慢げに告白する鶴巻を、新條は人として見ることができなくなっていた。

「私にだって、人間らしい理性も感情もあったんですよ。他人を傷つけることが人の道理に外れることも分かっていました。だからこそ、私は苦しんだ。人の肌を斬り刻みたい欲望を持て余し、人目を忍んで泣き叫び続けた」

一気に捲し立てると、鶴巻は大きく深呼吸した。

「だからね、新條くん」

再び新條を見下ろして、鶴巻が目を細める。

「私は、自分の肌を斬りつけたんです。……それはもう、堪らない快感でした。肌を斬り裂く感触がダイレクトに伝わる様は、どんなに濃密なセックスよりも心地よかった」

「ば……馬鹿なっ」

想像を超えた鶴巻の告白に、新條は狼狽《ろうばい》を隠せない。

「ええ、馬鹿げています。私はそれでもやめられなかった。腕や足、腹もナイフで斬り刻んだ。自分の肌に赤いラインが走るのが堪らなかった。……けれどね」

鶴巻が少しだけ声のトーンを低くする。

「自分の身体を斬り刻むには、限界があった。いくら罪に問われなくても、いくら心地よくても、途中で意識を失ったり、誤って死んでしまっては意味がない」

鶴巻が新條の目の前に二本のナイフを掲げ、その刀身で血の気の引いた新條の両頬を挟み込んだ。

緊張に、新條の顳顬がピクリと震える。

「自分を斬り刻むのには、限界がある。他人を斬れば罪になる。若かった私は真剣に悩んだのです。どうすれば、この狂った欲望を満たすことができるのか……」

わずかに白髪の混じった鶴巻の、まだ少年だった頃の姿を新條は想像する。見目の整った少年が、自分の身体にナイフを突き立て快感にうち震える姿は、狂気以外の何ものでもなかった。

「……悩みに悩んだ結果、私はひとつの答えに辿り着きました」

新條の頬を固定した刀身に、鶴巻のいびつな笑顔が映り込む。

「人の道理を捨てればいい。私は一気に楽になりました」

スッキリとした表情に、新條は思わず喉《のど》を鳴らした。目の前で、人が悪魔に変わる瞬間を見たような気がして目眩《めまい》を覚える。

美しい少年は人であることを捨て、極道の世界へ足を踏み入れたのだ。自分の狂った欲望を満たす、ただそのためだけに――。

「……ですが、気が楽になりはしても、私の欲望はいまだに満たされない。この快楽を手にし続けるためにも、私は今以上に強固で完璧な権力を手に入れなければならないんです」

長い昔語りの後に続いた言葉で、新條はやっと鶴巻の真意を知った。

「藤森が、邪魔だということか」

もう、敬語を使う気など失せていた。目の前の男は、敬意を払うべき田渡組の若頭ではない。ただの悪魔だ。

「そうです。まさかいきなり孫が現れるなんて、考えてもいませんでした。おまけに随分と頭が切れる。このまま藤森を野放しにしていては、後々の私の立場が危うくなるのは目に見えていた。悪い芽を摘《つ》むなら早い方がいいでしょう?」

田渡邸の離れで藤森が暮らしていた頃から、鶴巻は警告を発していたのだ。そして、関東藤森組が立ち上げられ、闘神会総長との面通しを終えたとき、いよいよ鶴巻は自身の立場が危ういと感じたに違いない。

「……どう転んだところで、生きて帰すつもりなど最初からなかったんだな」

新條は嫌みの意味も込めてそう言った。

鶴巻が瞳を異様に輝かせ、新條の青白い頬をナイフの刃でなぞりながら、顳顬が痙攣するのを楽しそうに見つめるばかりだ。

「無駄話が過ぎました」

不意に口端を上げて鶴巻がニヤリと笑った。

同時に、新條の左頬に鋭い刺激が走り、ひやっとした感覚に顔を顰めた。

「……ッ」

鶴巻が絶妙な力加減でナイフを払い、新條の左頬に赤い線を描いたのだ。薄皮一枚を傷つけただけなのか、血が溢《あふ》れて流れ出すほどではないが、ちりちりとした痛みに新條は眉を寄せた。

「ショーを始めましょう」

闇の中に朗々とした鶴巻の声が響き渡ると、すべての灯りが消され、玉座に腰かけた藤森の姿だけがスポットライトに照らされて浮かび上がった。

「ふ、藤森――っ！」

激しい恐怖と焦燥に、新條は堪らず叫んだ。

それを嘲笑うかのように、鶴巻がコツコツと大理石の上を歩いていく。

「いい加減、お寝坊が過ぎますよ。藤森くん」

鶴巻は藤森の前に立つとその頬を叩き、低く抑揚のない声で呼びかけた。

「……う、うぅ」

「藤森ッ！　おい、しっかりしろっ！」

新條は懸命に声を張りあげた。藤森には銃口が向けられたままだ。

「起きなさい」

いつもはワックスで整えられている豊かな漆黒の髪を、鶴巻が乱暴に掴んで無理やり顔を上げさせた。

瞼を何度か痙攣させて、藤森がようやく目を覚ます。

「……ん？」

藤森の瞳が数メートル離れて椅子に座る新條を捉えるのに、そう時間はかからなかった。

「あれ……、新條か？」

嗄《しわが》れた藤森の声に、新條は胸を抉《えぐ》られるような痛みを覚えた。藤森の顔には明らかに疲労の色が浮かんでいる。

「藤森……っ」

「……っていうか、なんやコレ?」

舞台セットのような派手な玉座に座ってライトを浴び、手足を拘束された自身の姿に、藤森は間の抜けた声を零す。

「昨日よりは、快適でしょう?」

藤森が首を捻《ひね》る。脇に立つ鶴巻に、今気がついたようだ。

「人が気持ちよう寝てる間に、なんや面白いことになってるやないか」

言葉のわりには驚いた様子のない藤森に、鶴巻が肩を竦めてみせる。

「いつまで余裕ぶっていられるか、これからじっくり確かめさせてもらいますよ」

言うなり、鶴巻が目にもとまらぬ速さでナイフを振り下ろした。

「……痛っ!」

いきなり右肩を斬りつけられた藤森がかすかに顔を顰める。

「藤森っ!」

大きな腕の振りに反して、藤森の肩の傷は皮膚一枚だけを裂いたようで、血が滲みこそすれ流れ出す気配はない。

「えげつないなぁ」

鶴巻の技量に目を瞠る藤森の表情がスポットライトに照らされる。

「新條くん、あなたにはギャラリーとして、藤森虎徹が痛みと恐怖に喘ぐ様を見届けてもらいます」

鶴巻が振り返り、新條に嬉々《きき》とした表情で告げる。

「な……っ」

藤森が斬り刻まれる様を新條に見せつけ、その苦しみ喘ぐ新條の表情さえ、この男は堪《たん》能《のう》しようというのだ。

「ホンマにええ趣味してるなぁ」

これから斬り刻まれようとしているとは思えない態度で、藤森が鶴巻に言った。

「さすがに、この程度では声はあげませんね」

飄々《ひょうひょう》とした表情で、鶴巻は続けて左手に持ったナイフを横に払う。

「けれど、いつまでも耐え切れるものではありません」

「ツ——ッ」

藤森の逞しい腹筋に、赤く一文字が刻まれていた。赤い血がぷくりと浮いて、ゆっくりと割れた腹の上を伝い落ちていく。

「やめろっ、ふざけるな！」

煌々《こうこう》としたライトの中で身体を斬り刻まれていく藤森の姿に、新條は立ち上がろうと地団駄を踏んだ。

「阿呆《あほう》、この程度で喚《わめ》くな、新條」

椅子に腰かけ暴れる新條に向かって、藤森が不敵な笑みを浮かべてみせた。

「だが……お前がっ」

新條はきつく眉を寄せ、唇を血が滲むほど噛みしめる。

この男なら命を賭《と》しても構わないと惚れ込んだ藤森が、自分の目の前でなんの抵抗も許されずに傷つけられる様は、新條に強烈な屈辱を与えた。

「まだまだ、これからですよ。もっと私を楽しませてくれないと」

鶴巻が愉悦の表情を浮かべ、舞いを踊るかのごとく左右のナイフを振り下ろし、藤森の身体に傷をつけていく。

「ツ……ッ」

「藤森っ、くそ……いい加減にしろ――っ！」

助けるどころか、見ていることしかできない辛《つら》さに、新條は堪らず目を伏せた。

「駄目ですよ、新條くん。しっかりと見届けなさい。あなたが目を閉じた分、より深く刃を突き立てます」

怒りに血が沸騰しそうだった。だが新條はゆっくりと頭を上げると、玉座で血に染まりゆく藤森を再び視界に捉えた。

「ほら、新條くん。目を背けた罰です」

鶴巻が頰の傷を醜く引き攣らせ、藤森の首筋で刃を煌《きら》めかせる。

「ぐ……うぅっ」

はじめて、藤森が苦悶《くもん》に顔を歪めた。

「な……っ」

新條の目に、藤森が首の左から多量の血を流す姿が飛び込む。

「鶴巻っ、貴様ぁ――っ！」

全身を使って鉄製の重い椅子をガタガタと揺さぶり、新條は咆哮《ほうこう》をあげた。

「そう！　その表情ですよ、新條くん。大切な者が理不尽にいたぶられる姿に、自分の無力さを思い知り、うち拉《ひし》がれ、苦渋を舐める……」

新條が怒りに全身をブルブルと震わす姿に、鶴巻が感嘆の声を漏らした。

「あなたのような美しい男の悶《もだ》え苦しむ表情は、非常に悩ましい」

うっとりと溜息を零し、鶴巻が続けて藤森の右の頸動脈《けいどうみゃく》あたりの皮膚を切り裂く。

「ッ……」

急所であるその場所に、さすがの藤森も息を呑んだ。

「ふふふ、心配しなくても、頸動脈を直接傷つけるような、そんな醜いことはしません」

鶴巻の言葉どおり、血液が一気に噴き出すことはなく、左と同じように傷口からたらたらと赤い筋を描いて滴り落ちるだけだった。

藤森の血で濡《ぬ》れた刃を、鶴巻が舌でべろりと舐めてはうっとりと恍惚の表情を浮かべる。

均整のとれた体軀《たいく》が、ペンキでも浴びたように真っ赤に染まっていく様を、新條は双眸《そうぼう》に涙を滲ませ、ただ見守ることしかできない。

「ねえ、新條くん。美しいでしょう？　楽しいでしょう？　醜い人間同士でまぐわうセックスなんかより、ずっと興奮しませんか？」

息を弾ませて歓喜する鶴巻の股間が、はっきりと盛り上がっていた。

おぞましいものを見せつけられ、新條は堪らず視線をそらす。

しかし鶴巻は、新條のそんな些細な仕草さえ見逃さなかった。

「目をそらすなと言ったはずですよ、新條くん」

強く言ったかと思うと、妖しく光るナイフの切っ先で薄く無精髭《ぶしょうひげ》の生えた藤森の右頰を突き刺した。そして、ジリジリとした動きで顎《あご》へ向かって切り裂いていく。

「や、やめろっ！」

新條は悲鳴じみた声をあげた。

斬りつけられている藤森本人は、唇をきつく結び、顔を顰めながらも痛みに耐えている。

「ははっ……この、手に伝わる感触が堪らないんですよっ！」

藤森の右目の下から唇の下辺りまでを切り裂き、鶴巻が感極まったように叫んだ。肩をゼイゼイと喘がせ、頬を紅潮させ、蛇の眼のような双眸は焦点を失っている。

「藤森っ、ふじ……もりっ！」

新條は声の限り叫んだ。

藤森の頬から夥《おびただ》しい量の血が溢れ、首許から肩を濡らし、朱に染まった身体の上を伝い落ちていく。様々な宝石や細工で飾られた玉座も藤森の血で汚れていた。

それでも藤森は背筋をまっすぐに伸ばし、やや青ざめた顔に薄く笑みをたたえてみせる。

そこへ、鶴巻が新たに刃を走らせた。筋肉の盛り上がった肩と胸から、鮮血が流れ出す。

「皮膚が裂け、その下から真っ赤な血がぷつりぷつりと浮かんでくる。やがて白い脂が覗いて血に染まる。流れ出した赤い血が小さな流れとなって溢れ出し、皮膚の上を筋を描いて滴り落ちていく……っ」

激しい興奮に、鶴巻の声は上擦っていた。その声はまるでセックスの最中の喘ぎにも似て、ぬるっとした艶を帯びている。

「死なない程度の痛み。失血死しない程度の出血量。生きながら斬り刻まれ、失神することも叶わず、ただひたすら恐怖に怯える。どんなに肝の据わった男でも、数時間もすれば発狂して泣き叫ぶ」

わずかに顔を青ざめさせた藤森をうっとりと見つめながら、鶴巻は手を休めることなく新しい傷を刻んでいく。

「……ド変態がっ」

藤森は決して鶴巻に屈しない。だが、痛みと失血によって味わう苦しみは、心身を確実に疲弊させている。眉間にきつく寄った皺と、乱れた呼吸がそれを物語っていた。

「藤森っ！　もう喋るなっ！」

新條は藤森が余計なことを言って、鶴巻を煽るのが怖かった。このままでは本当にズタズタに斬り刻まれた揚句、殺されてしまいかねない。

「心配せんでも、こんな程度で人は死なへん」

ちらりと視線を自分に向けて白い歯を見せる藤森に、新條は唇を噛みしめ首を小さく左右に振る。

「だ、だが……このままではっ」

「アンタは黙って、俺の男っぷりを見とったらええねん」

「ふ……じもりっ」

藤森は決して諦めていない。それどころか、まるで勝算を得ているような自信さえ窺わせている。

「そうですよ、新條くん。ショーはまだまだこれからです」

感心した様子で藤森の顔を見下ろして、鶴巻が満足げに頷く。

「私もそろそろ本気で楽しませていただきます」

鶴巻が右腕を高く掲げ、パチンと指を鳴らした。

広間が暗転したかと思うと、次の瞬間スポットライトが照らし出したのは、藤森が座った玉座ではなかった。

「な……っ」

闇の中に浮かび上がったのは、病院などでよく見かける診察用のベッドだ。

ベッドは床に垂直に立てて置かれ、そこに俯《うつぶ》せの状態で藤森が大の字に手足を拘束されていた。藤森の背に彫られた昇龍が、赤い血を浴びながら目だけをぎらつかせている。

ほんの数秒での出来事に、新條は思わず目を瞬かせた。

「マジックのようでしょう？　楽しんでもらえましたか？」

藤森の脇に立つ鶴巻が、狂気を孕《はら》んだ笑みを浮かべる。その手には、異様な形をしたナイフが握られていた。

「素晴らしい出来だと思いませんか。人体をいたぶるためだけ、実用性のみを追求した究極のナイフです」

手術用のメスに似た極端に刃渡りの短いナイフを、鶴巻が藤森の目の前に突きつけた。

「阿呆らし」

独り言のように、藤森が呟く。

「この刃があなたの背中に突き刺さる様を想像しただけで、私は危うく精を放ってしまいそうだ」

眩しいほどのライトに照らされた藤森の背を、鶴巻は寝かせた刃でそろそろと撫でた。S字を描くなだらかな背骨をゆっくり辿ったかと思うと、一幅の絵画を思わせる昇龍の刺青《いれずみ》を空いた手で撫で摩《さす》る。

「本当に……藤森、お前は極上の獲物だ」

鶴巻が喉をコクリと上下させ、目許を薄紅色に染める。

闇の中に浮かび上がる光景を、新條は灼《や》け爛《ただ》れるような焦燥に駆られながら見ていた。こんな無様な格好で藤森がいたぶられる姿を見せつけられるくらいなら、いっそ二人同時に殺してくれた方がどんなに気が楽だろう。

「藤……もりっ」

手錠の嵌められた手を、新條はギュッと握りしめた。怒りも焦燥も憤りも口惜しさも、拳の中へ押し込めて耐えるしかない。

「虎が背中に背負うのが昇龍だなんて、洒落《しゃれ》が利き過ぎていて恥ずかしいくらいですよ」

鶴巻がぺちんと掌で龍の目のあたりを叩く。

「しかしこの昇龍は見れば見るほど美しい。まるで本当に生きているように、美しく獰猛《どうもう》で艶っぽい」

「ごちゃごちゃ言うてんと、さっさとグッサリやったらどないやねん？　アンタのつまらんお遊びに付き合うてたら、眠たあなってしゃあないわ」

藤森がコテコテの関西弁でさも退屈そうに言って、大きな欠伸《あくび》をしてみせた。

手足の自由を奪われ、まさに俎板《まないた》の上の鯉《こい》という状況の中、この余裕はどこから湧いてくるのかと新條は不思議で仕方ない。

「ほら、見てみい。新條も退屈そうや」

自らその死を早めかねない藤森の言葉に、新條は咄嗟に言い返していた。

「馬鹿野郎っ、そんなことを言ってる場合じゃないだろうがっ！」

焦りに唾を飛ばす新條を、藤森が揺るぎのない瞳で見つめる。ふだんと何ひとつ変わらぬ不遜《ふそん》な瞳の色に、新條は胸騒ぎを覚えた。

「……藤森？」

藤森は確固たる自信をその瞳にたたえている。それが新條には信じられなかった。どう考えても絶体絶命、危急存亡のときなのだ。

それなのに、藤森の瞳は凛《りん》として、まるで深い湖のように落ち着いている。それはまるで、ただならぬ覚悟を決めたかのような、そんな力強さだった。

「ま、まさか……、藤森、お前……っ」

新條の脳裏を過ったのは、最悪の結末だった。

そんな新條の心を代弁するかのように、鶴巻が声を発する。

「死を覚悟した男の憎まれ口……。私は嫌いじゃありませんよ」

鶴巻はこれまでとは比べものにならないくらい、醜悪に歪んだ笑みを浮かべた。ナイフの刃で藤森の背に彫られた龍の目を撫でながら、右頰の傷を引き攣らせる。

「しかし、どんなに覚悟を決めたところで、最後の最後には涙を浮かべて命乞《いのちご》いをするものです」

「ふぅん、そうかいな」

藤森が他人事《ひとごと》のように嘯《うそぶ》いてみせる。

新條は極度の緊張にただ震えるばかりだ。

「藤森虎徹、あなたはどんな命乞いをしてみせてくれるんでしょうね」

鶴巻がナイフの柄を握り直す。

「さあ、新條くん。見ていてご覧なさい。あなたが見込んだ男が、無様に悲鳴をあげて泣き叫ぶ姿を――――っ」

大きく振り上げられた鶴巻の手の中で、ナイフの刃がライトの光を反射して、新條の目を一瞬眩《くら》ませた。

「……う、ぐぅっ」

かすかに聞こえた呻《うめ》き声は、藤森のものだった。

「藤森っ！　おい、どうしたんだっ！」

新條の叫び声に応えるように、鶴巻がいやらしい目でこちらを振り返る。そして、手にしたナイフを掲げてみせた。

柄の付け根まで真っ赤に染まったナイフが、ライトに照らされ不気味に光る。

「な……っ」

新條は声を失った。

ベッドの上の藤森の背中から血が溢れている。龍の左の眼球あたりから、滾々《こんこん》と、まるで湧き水のように赤い血が溢れ、大理石の床を汚していく。

あまりに唐突な展開に、新條は愕然とした。

皮膚を薄く切り裂くばかりだと思っていた鶴巻が、まさかいきなり兇刃《きょうじん》を藤森の背に突き立てるとは思ってもいなかったのだ。

「さすがです。これでも声はあげませんか」

歯を食いしばって痛みに耐える藤森に、鶴巻が心から感心した様子で賛辞を贈った。

藤森は額にうっすらと汗を滲ませつつも、首を捻って鶴巻を見上げ、悪戯《いたずら》っぽい笑みを浮かべてみせる。

「まあ、さすがに……ちょっと痛かったけどなぁ」

強がりだと、新條にもはっきりと分かった。表面ばかりとはいえ身体を何カ所も斬り刻まれた揚句、背中に刃を突き立てられて平然としていられるわけがないのだ。

「藤森……っ」

新條は全身を戦慄《わなな》かせながら、無闇に藤森の名を呼ぶことしかできない自分を呪《のろ》った。

「心配しなくても、内臓や神経、骨を傷つけるような無粋はしません。肉体を傷つけ、血を流しても、より長く生きて私を楽しませてくれないと困りますからね」

血に染まった刃を藤森のスラックスで拭い、鶴巻が瞳に妖しい光を宿す。

「しかし、私も人間です。興奮のあまり、手許が狂ってしまうこともなくはない。骨格や臓器の大きさなどには個人差がありますしね」

言いながら、鶴巻が再び腕を振り上げた。

堪らず、新條は叫んだ。

「やめろ――――っ！」

藤森の背に再び刃が突き刺さるのを想像した新條は、鶴巻がえも言われぬ笑みを浮かべて自分を見ているのに気づいた。

鶴巻の手に握られたナイフの切っ先が、もうひとつの龍の眼球に突き刺さる寸前で止まっている。

「いい叫び声です、新條くん。耳の奥がゾクゾクと震えました。大切な人間を傷つけられるのを黙って見ているなんて、あなたも堪らないでしょう？」

「鶴巻……、貴様ァ……っ！」

新條は腰かけたまま、精一杯身を乗り出した。

「口の利き方がなっていませんね。この美しい龍がズタズタに切り裂かれても構わないんですか？」

手にしたナイフを器用にクルクルと操りながら、鶴巻が勝ち誇った笑みを浮かべる。

その脇では藤森が「ヒューヒュー」と浅い呼吸を繰り返していた。危険な状態に近づいていることは新條の目にも明らかだった。

「いくら刃渡りが短いとはいえ、脇から肺に突き立てれば、致命傷になりますからね」

眼下で喘ぐ藤森を充血した目で見下ろし、鶴巻が流れる血を指で掬って口に運ぶ。

「触るな――っ！」

鶴巻が指を口に含んだ瞬間、新條は激しい怒りに総毛立った。胃の底からハンマーで叩き上げられたかと思うほど、息苦しいほどの衝動と嘔吐感が込み上げる。

だがそれは、命を奪いかねない鶴巻の暴力に対する怒りではなかった。

「ふざけるなよ、鶴巻！　その男は……お前なんかが好き勝手していい男じゃない！」

「いい表情《かお》ができるじゃないですか」

鶴巻が目を細め、藤森の右肩にナイフを突き立てる。

「グッ……ウゥッ、あ……うぅっ」

鮮血が溢れ、さすがの藤森も苦痛に喘ぎを零した。

その肩の傷口へ、鶴巻が直接唇を寄せていく。

「やめろ、触るなっ！　薄汚い手で触るんじゃねぇ！」

鶴巻の舌が、べろりと藤森の肩を舐めあげた瞬間、新條は頭の中で何かが切れた音をはっきりと聞いた。

「それは……その男は、俺のものだ――――！」

藤森が新條以外の手で身体を傷つけられることへの激しい嫉妬《しっと》、そして独占欲に、意地も見栄も、何もかもが吹き飛んでしまう。

「口惜しいでしょう？　もっと苦しんで、存分にその美しい顔を歪めてください」

新條は奥歯をギリリと噛みしめた。そして、くたりとなった藤森へと視線を移す。

いくら鶴巻が絶妙に加減して出血量を調整しているといっても、背中と右肩の傷からは絶えず血が流れ出ている。このまま放置すれば、藤森が失血死する可能性も考えられた。

「ふざけるな……っ」

鶴巻のような男の手で散々好き勝手にいたぶられた揚句、惨めな死に様を晒す藤森など、新條は見たくもない。

もし、何かあって藤森が殺されねばならないとしたら、その手を下すのは絶対に自分でなければならないと思った。

「まだまだ付き合っていただきますよ。私はどうしてもあなたの目の前で、藤森を泣き喚かせたいんです」

鶴巻がナイフを手にまっすぐ新條に向かって近づいてくる。新たなスポットライトが新條を照らし出した。

「予想以上におたくの組長さんは頑固で、私はイマイチ物足りないんです。ですから、手っ取り早く、あなたを虐めてみようかと思うのですが、いかがですか？」

奇怪なナイフの切っ先が、新條の顔の前に突き出された。

「……知るか」

新條は答える気などなかった。

すると、不意に背後から逞しい腕に頭を固定された。

「なっ……！」

鶴巻がいびつな刃を、新條の下唇へ突き立てる。

「ツ――ッ」

顔を背けようにも、腕にしっかり固定されて抗《あらが》うこともできない。

「あなたも相当な頑固者ですね」

唇に突き立てられたナイフが、ぷつりと薄い皮膚を突き破る。血の気を失っていた新條の唇から、鮮やかな血が溢れ出した。まるで紅を引いたかのように、血が唇を彩る。

「美しい男は嫌いじゃない。そして、私が美しいと認めた男を、この刃で傷つけるのも、私の最上の悦びのひとつです」

　鶴巻は新條の目を覗き込みながら、上唇にもナイフの切っ先を押し当てた。わずかに皮膚を傷つけられる痛みに続いて、また血が溢れる。口の中に、鉄の味が広がった。

「あなたのそのきれいな顔にどれほどの傷をつければ、藤森は声をあげると思いますか？」

　鶴巻が肩越しに振り返り、藤森からも見えるように新條の喉許へナイフを突きつける。

「藤森……っ」

　銃を構えた男が、藤森の顔を強引に新條に向けていた。

　肩を喘がせる藤森の瞳が、揺らぐことなく新條を捉える。

「し……んじょ……ぅ」

　その瞳の力強さに、新條は遣《や》る瀬なさを覚えた。いっそのこと、気を失ってくれていた方がマシだと思った。

　自分が藤森にとってどれほどの存在であるか、驕《おご》りではなく客観的に理解し、自覚もしているつもりだ。関西の虎と異名を取り、関東闘神会の幹部たちをも唸《うな》らせる藤森が、新條のこととなると途端にただの男になり下がる。

　それが新條にとって悩みの種だった。

　ともに並び立つ存在でありたいと、新條はそう思っている。

まかり間違っても、藤森の急所のような存在にはなりたくなかった。

自分はどうなろうと、構わない。

しかし、自分が鶴巻のナイフに傷つけられることで、藤森が態度を急変させるようなことがあったら、新條は死んでも死に切れない。

それは、新條にとって屈辱以外の何ものでもなかった。

「藤森は……組長は、俺のことなど、ただの部下としか考えていない」

掠《かす》れた声で告げると、鶴巻があっさりと一笑に付した。

「それで私を牽制《けんせい》したつもりですか？　残念ながら、藤森が自分の配下の人間を、家族同様に扱うことぐらい知っています。……まあ、私には到底理解できませんがね」

「……っ」

新條は思わず舌打ちしてしまった。それに気づいた鶴巻が楽しげに続ける。

「あなたと藤森がただならぬ関係にあることも、承知しています」

「う……嘘だっ」

羞恥よりも、焦る気持ちの方が大きかった。より濃い繋がりを持つ人間同士をそれぞれ斬り刻み、互いが泣き叫び恐怖に戦《おのの》く姿を観察することが、鶴巻にとって最上の快楽なのだ。

「愛《いと》しい人間が斬り刻まれる姿を見せつけられても、藤森は耐えられると思いますか？」

たとえどんな形であっても、藤森の重荷にだけはなりたくない。

「……無駄だ。アイツは……藤森はそう簡単に、情に流される男じゃない」

そう言い返した新條の声は、いつものように張りのある自信に満ちたものではなかった。

「無駄かどうか、それは私が判断することです」

終始笑みをたたえたまま、鶴巻が新條の左耳の上に刃を添える。

「さあ、始めましょうか」

鶴巻が静かに呼びかけると同時に、ナイフを数度、閃《ひらめ》かせた。

せめてみっともない悲鳴だけはあげまいと、新條は唇を噛みしめる。

「――ッ」

すると、まるで魔法のように新條の身体からスーツとワイシャツの生地が、ただの端切れとなってヒラヒラと床に舞い落ちた。

「なっ……」

たった一瞬で、新條はその白い身体をライトの明かりの下に曝《はら》り出していた。生々しい銃創の痕が残る肩から胸許までが、鶴巻や屈強な男の眼前に晒される。

「藤森。あなたの大事な男が、今から私の手で血塗《ちまみ》れになっていきます。そこでゆっくり……鑑賞していなさい」

狂気に彩られた鶴巻の声に、藤森が切なげに眉を寄せるのを新條ははっきりと認めた。叫びたいのを必死に耐えているのだろう。固定された手が、きつく拳を握って震えている。懸命に平静を装おうとする藤森の姿が、新條にはただただ痛ましかった。

「刺青どころか染みひとつない。……キスマークのひとつぐらいはあるかと、少し期待していたんですけどねぇ」

揶揄うように言って、鶴巻が新條の項《うなじ》から首筋を左の手で撫で摩る。

悪寒が走り抜けるのに新條は懸命に堪えた。藤森の目の前で見苦しい姿は見せたくない。

再び、冷たい刃が耳の上にあてられる。

新條はまっすぐに藤森だけを見つめていた。藤森もまた、新條を見つめている。

「泣き喚きなさい」

「……しっ」

鶴巻の昂った声と同時に、藤森が声を出さずに自分の名を叫ぶ姿が見えた。

――藤森が見ているんだ。惨めな姿は、絶対に……。

これから訪れるであろう耳を切り落とされる痛みに耐えるため、奥歯を噛みしめていた新條は、不意に頭上から零れた声に瞬きした。

「……っな、なぜっ」

目を向けると、激しい動揺に瞠目《どうもく》した鶴巻が、新條の背後にある入口を見つめている。

「え――？」

次の瞬間、広間全体に眩い光が満ち溢れた。そして、新條の身体を押さえつけていた腕も離れていく。

「ここは、誰にも知られていないはず……っ」

新條の眼前で、鶴巻がブルブルと全身を大きく震わせていた。狂気に満ちた表情は愕然として、信じられないとばかりに唇を戦慄かせる。

「いったい……なぜっ」

新條は背後を振り返ろうと首を捻った。

「兄貴っ！」

突然、聞こえるはずのない泰三の声が新條の耳に飛び込んできたかと思うと、直後に椅子ごと押し倒さんばかりの勢いで泰三本人が飛びついてくる。

「た……泰三っ？」

あまりに急な展開に状況が理解できない。

「お前が捨て駒として飼っていた者たちが、教えてくれたんだ。……鶴巻よ」

背後から聞こえた低く嗄れた声に、新條は耳を疑う。

それは、茫然《ぼうぜん》と立ち尽くす鶴巻も同じだった。

泰三によって手錠と腰のベルトを外された新條は、ようやく椅子の背もたれ越しに背後を見やった。

「遅いわ、爺ちゃん……」

間延びした声を発したのは、血を流し続ける藤森だ。すでに結城と数人の男が藤森に駆け寄って、傷をタオルのようなもので塞ぎつつ、拘束を解きにかかっている。

「悪かったな、虎徹。偽装車や鶴巻の影武者の数が多くてな。おまけに鶴巻の隠しビルは都内だけでも十数軒あってのぉ。場所の確定に少し手間取った」

予想もしなかった救世主は、関東闘神会会長にして田渡組組長の田渡雄大《ゆうだい》、虎徹の祖父その人だった。

「わ、分からないっ……私は、完璧だったはずだ……」

予期せぬ事態に、抵抗や反撃する余裕もないのだろう。全身を瘧にかかったように震わせる鶴巻を、田渡の部下が一斉に取り囲み、手にしたナイフを叩き落とす。

ふと見やると、藤森に銃を向けていた男や新條を拘束した男たちが、田渡の足許に跪《ひざまず》いていた。

「新條さんっ、傷が……っ！」

泰三の手が強引に新條の顔を挟んで覗き込む。そして、床に散らばった布切れを認め、口惜しそうに唇を噛んだ。

「他に……怪我は？」

「俺は大丈夫だ。それより藤森を……」

新條は椅子からゆっくりと立ち上がりながら、結城が藤森の身体を抱きかかえるのを捉えた。知らず、ほっと溜息が零れる。

すると途端に緊張に強張っていた身体が弛緩《しかん》して、再び椅子に崩れ落ちそうになった。

「新條さんっ」

「……すまん」

咄嗟に泰三に支えられ、苦笑を漏らす。

「鶴巻」

羽交い締めにされた鶴巻に、田渡が歩み寄る。新條は泰三に肩を借りて二人を見つめた。

自らの謀略が失敗に終わったことが、鶴巻にはどうしても受け入れられないようだった。

「どうして……っ」

ナイフのように尖《とが》った鋭い目で田渡を睨みつけている。

「お前は確かに組を上手くまとめてくれていた。人並み以上の力があることも、儂《わし》や周囲の者も認めておった。だが、暴力と恐怖……何よりもお前の嗜虐癖《しぎゃく》に根ざしたやり方は目に余った」

田渡の言葉に、鶴巻が眼球が飛び出さんばかりに目を剝《む》く。ギリギリと奥歯を嚙みしめる様子が、その心情をすべて物語っていた。

「うるさいっ！　お前のような老いぼれに、私の美学を批判する資格はないっ！」

「鶴巻、お前は何も分かっておらん。いくら極道とはいえ、人の子だ。暴力や恐怖に縛られた心は、必ず救いを求めて逃げ出そうとする。どんなに恐怖を植えつけたところで綻びができ、やがて少しずつ解けていく。お前を裏切る者が出てきて当然だと気づかんかったのか」

田渡の足許に跪く男たちに目をやり、鶴巻が唾を吐きかけた。

「お、お前たちが、私を裏切ったのかっ！」

男たちが鶴巻を暗く澱《よど》んだ目で見つめ、そして項垂《うなだ》れた。

彼らの言葉を代弁するように、田渡が続ける。

「お前のやり方に耐え切れなくなった者たちが、儂のもとへ助けを求めてきおったんじゃ」

新條は、そこでやっとすべてを理解した。

鶴巻の手足として働いていた彼らが、自分たちと、そして藤森の救済を求めて走ったのだろう。藤森の危機を知った田渡は、事務所に残っていた泰三に確認をとり、直属の配下を率いてこの建物へ乗り込んできたに違いない。

「鶴巻、これも何かの因果だ。相応の覚悟をしておけ」

「く、くそっ！　何故だっ……何故私が……っ！」

田渡はもう、鶴巻に見向きもしなかった。部下に鶴巻を広間から連れ出させると、手の空いている者に向かって、藤森と新條を急ぎ病院へ運ぶよう告げる。

「藤森っ」

新條は結城に抱かれた藤森に歩み寄ると、青ざめた顔を覗き込んだ。

「……し……んじょ」

ホッとしたのだろう。藤森はそれ以上口を利けない様子だった。

「新條さん、急ぎますんで」

結城が早口で言って会釈する。そのまま広間を出ていくのを見送った後、新條は胸にわだかまる疑念を田渡にぶつけた。

「あ、あの……田渡会長っ」

田渡が振り返って苦笑を浮かべ、おもむろに着ていた羽織を新條に手渡してきた。

「すまんな、新條」

「え……、いや……」

藤森にとっては祖父にあたる田渡だが、新條にとっては関東闘神会をまとめる大親分だ。本来なら新條のような立場の人間が、容易く話しかけることも叶わない存在だった。

「もとはと言えば……この件、儂が虎徹に持ちかけたんだ」

好々爺然《こうこうや》とした田渡の告白に、新條はまじまじと深い皺の刻まれた顔を見つめた。

数年前より鶴巻の残虐な振る舞いを危惧《きぐ》していた田渡は、傘下の組長や関東闘神会幹部からの圧力もあって、鶴巻を処分する必要性を感じていた。

鶴巻配下から訴えてくる者も出始め、さすがに若頭という理由で庇《かば》い続けるにも限界が迫ってもいたのだ。

また田渡は、藤森組への嫌がらせについても、薄々鶴巻の仕業ではないだろうかと考えていたところだった。

様々な要因が重なったところで、鶴巻の口癖ではないが『悪い芽は早めに摘むべき』だと田渡は決意した。

そして田渡は一番に信頼のおける藤森に密《ひそ》かに連絡をとり、鶴巻側の動きを警戒しつつ謀略に乗る計画を企てたのだ。

藤森自ら囮《おとり》となることで鶴巻を陥れる作戦は、先月頃から密かに実行されていた。内通者からの情報で、鶴巻のターゲットが藤森と新條であると聞かされていたらしい。

そうして厚木との面通しを終えた藤森を、鶴巻は罠とも知らず拉致した。

途中、内通者であった数人が命を奪われ、連絡手段が途絶えたことと、採石場から十台あまりの偽装車が現れたのは想定外だったが、鶴巻を監視させていた田渡組の構成員たちがなんとかこの隠し不動産を見つけ出し、鶴巻の謀略と残虐性を暴くとともに、どうにか大事に至る前に藤森と新條を助け出すことに成功したのだ。

新條をはじめとする関東藤森組の面々は、そうとは知らずに利用されたのだった。


「虎徹がお前や組の者には計画は明かさないでくれと言い張ってな。特にお前には申し訳ないと思っているんだ。このとおり、今回は目を瞑《つぶ》ってやってくれ」

深々と頭を垂れる田渡に、新條は身の縮む想いだった。

「やめてください、会長。どうか、頭を上げてください」

「これからも心労が絶えないと思うが、虎徹を支えてやってくれ」

相好を崩す田渡に、新條は何も言い返せなかった。

関東に名を知らしめる大親分である田渡だが、やはり世間の一般人と同じように、孫がかわいくて仕方がないのだろう。

「今回、お前に黙って行動したのは、虎徹なりの想いがあってのことだろう。新條、お前を信じていたからこそ、虎徹は自分の命を投げ出すことができた。どうかその気持ちを汲《く》んでやってくれ」

田渡の大きく分厚い掌が新條の肩に添えられた。

「……はい」

小さく頷きつつ、新條の胸に熱いものがこみ上げる。

本当は、藤森が組の人間の誰にも真相を話していなかったことに、激しい憤りを感じていた。自分たちは信用されていないのではと、腹が立って仕方がなかった。

しかし、そうではなかったのだ。

田渡は藤森の想いばかりでなく、新條の心すら見通している。

「あまりきつく責めんでやってくれよ、新條」

そう言って、田渡が新條を外へと促す。

「さあ、お前も病院へ行って治療を受けろ。せっかくの男前が台無しだ」

新條は苦笑を浮かべると、田渡の羽織を会釈してからふわりと羽織った。

藤森と新條が運び込まれたのは、かつて新條が銃で撃たれたときに担ぎ込まれた病院だった。新條の頬の傷は担当した医師が絶句するほど絶妙な浅さの傷で大したものではなかったが、藤森の傷は数十カ所に及び、手術を要するものもあったため即入院となった。

「我儘もいい加減にしろよ！　お前のせいでどれだけまわりの人間が迷惑していると思ってるんだ！」

感染症の危険もあったため十日ほどの入院が必要と告げられていた藤森が、突然新條の部屋に現れたのは騒動から五日経った深夜のことだった。

「しゃあないやろ。暇やし窮屈やし、煙草は吸われへんし、第一、アンタが一回も見舞いに来てくれへんのが悪い」

どっかとリビングのカウチに腰を下ろし、藤森が子供のように口を尖らせた。その右頬には、大きな絆創膏《ばんそうこう》が貼《は》られている。

新條は向かいに座ると、病院を無断で抜け出してきたと自慢げに告げた悪ガキを睨みつけた。

「ふざけるな！　こっちは後始末やフォローに追われまくりなんだぞ」

「そんなキャンキャン鳴いて、嬉しい嬉しいって熱烈なラブコールすんなや。ホンマは会いとうて仕方なかったくせに」

藤森があからさまに劣情を滲ませた瞳で新條を見つめる。

「な、何がラブコールだ！　お前なんか、あのままズッタズタに斬り刻まれてしまえばよかったんだ！」

事情も明かさずにとんでもない騒動に巻き込んだ揚句、大怪我を負って新條や組の者たちに心配をかけたというのに、まったく反省の色を見せない藤森に腹が立って仕方がない。

「ホンマに、そう思ったんか？」

不意に、藤森が真剣な眼差《まなざ》しで新條に問いかけた。

「……え」

一瞬にしてまとう空気を豹変《ひょうへん》させた藤森の漆黒の瞳に魅入られ、新條は言葉を失った。

「鶴巻に好き勝手やられてる俺を見て、何を考えとった？」

甘えるような、それでいて問い詰めるような藤森の声が、新條の胸に突き刺さる。

「な、何を……言っている。俺はただ……お前が心配でっ」

新條の脳裏に、鶴巻の手で身体中を斬り刻まれる藤森の姿が甦った。薄闇の中にも鮮やかな血を流し、声もあげずに刃を受ける藤森を、新條は見ていることしかできなかった。

己の無力さにうち拉がれ、鶴巻の残虐な嗜好に嫌悪を覚え、そして……。

「新條、アンタ……鶴巻に嫉妬してたやろ？」

「——っ」

身体が弾《はじ》かれたように小さく跳ねた。藤森の視線に晒され、新條は顔を強張らせたまま何も言えずに固まってしまう。

「図星、やろ？」

片眉を上げて、藤森が新條を茶化す。

「鶴巻が俺に触るたびに、アンタ、嫉妬に狂った女みたいな形相になっとった。……正直あの反応は、予想外やった」

照れ臭そうに破顔して、藤森がそっと手を伸ばす。

「いっつもつれへん態度のアンタが、あんな顔で俺を見るやなんて……あの場所で勃起《ぼっき》しそうやったんやで？」

ローテーブルの上で新條の手をきつく握り、藤森がゆっくりと顔を寄せてくる。

「……ち、がうっ」

震える声で否定しながらも、新條は藤森の手を振り払えない。

確かにあの瞬間、自分は嫉妬していた。

言い逃れなどできないくらい、激しく妬いていた。

好き勝手に藤森を斬りつけいたぶる、鶴巻に――。

そして、抵抗もせずにそれを許す藤森に――。

「ホンマか？　俺なんか田渡の爺さんとこの離れにおったときから、鶴巻がアンタを見るだけで、腑が煮えくり返ってしゃあなかったのに」

深爪《ふかづめ》の指先が、新條の白い指の股《また》に意味深に触れる。

「アンタあのとき、俺のことを自分のモンやって叫んでたやないか」

甘く、そして少し苦く囁かれる言葉から、新條は逃れることができなかった。藤森の揺るぎない瞳に捕らえられて、顔を背けることさえ敵わない。

「俺は自分のモンが、俺のために傷つけられるんが、一番嫌いや。我慢できひん。鶴巻のことかて、爺さんがおらんかったら、あの場で俺が殺してた」

躊躇いもなく想いを吐露する藤森に、新條は徐々に身体が熱くなるのを感じていた。

「認めたらええ。なんも恥ずかしいことやない」

ローテーブルの上に膝を乗せ、藤森が新條の肩を抱きしめる。身体中に傷を負っているのが嘘のように、藤森の腕は力強く揺るぎない。首筋から覗く包帯の白さが、新條の目に痛いほどだ。

「な？　認めてしまえ、竜也。口に出して言うてしもたら、胸がスッと楽になる」

きつく抱きしめられ、耳許で甘く囁かれ、新條の心がある方向へ向かって流れ出そうとする。藤森の腕の中のあまりの心地よさに、溺れてしまいそうだった。

「竜也、俺はアンタに惚れてる。アンタも同じやって、言うてくれ」

言えるわけがなかった。

男が男に惚れる。

極道の世界ではよく耳にする言葉でも、今求められている意味はきっと違う。

だからこそ、求められるまま口にしてしまっていいものか、新條は逡巡《しゅんじゅん》した。

「俺はいつでも、アンタのことが欲しいて堪らん。どうや、竜也。アンタも俺が欲しいてしゃあないときがないか？」

切なげに強請《ねだ》る藤森の声に、新條の脳は沸騰寸前だった。理性が崩れ落ち、意識さえ曖味になってしまいそうだ。

「……放せ」

どうにかそれだけを口にすると、新條はそっと藤森の胸を押しやった。

途端に藤森が不機嫌に顔を顰める。

「俺は……お前のように口が上手い方じゃない」

新條はゆっくりと立ち上がると、羞恥に顔を熱くしながら上半身を裸になってみせた。

そして、藤森に背を向ける。

「アンタ、それ……」

藤森が言葉を失うのに、新條は大きく深呼吸をした。

「俺の、覚悟だ――」

肩越しに振り返り、唖然《あぜん》としている藤森を見つめ、迷いのない張りのある声で告げた。

言葉にするよりも、この背を晒すことの方が、何倍も何十倍も藤森には届き易いだろうと思った。

新條の背には、鬱蒼《うっそう》とした竹林の中から眼光鋭い一頭の虎が、今まさに飛び出さんと足を踏み出した姿が彫り刻まれていた。といっても、施術を始めたばかりで、筋彫りと呼ばれる下書きの状態だ。

肩と脇腹に残る銃創の痕以外は白くすべらかな肌に彫られた刺青は、まさに一枚の絵画のように完璧なデザイン性を備えていた。まだ色が入っていないというのに、虎の双眸はまるで生きているかのように濡れて光り、逆立った毛の一本一本までが見事に再現されている。


施術を始めたばかりのため、新條の背中は肌が薄っすらと赤味を帯びて熱をもっていた。

「本当は全部仕上がってから、見せるつもりだったんだがな」

中途半端な状態の刺青を隠すように、新條は急いで部屋着を羽織る。

「阿呆っ！」

藤森の叫び声と同時に手にした部屋着が奪われ、背中からきつく抱き竦められた。

「……ふ、藤森っ」

「たった数日でそこまで進めるて……。アンタ、なんでそんな無茶すんねん」

新條の銃創の残る肩口に顔を埋め、藤森が切なげに喘ぐ。

多忙を極める中、背中一面に額彫りされる図案の筋彫りを、新條はこの二日で終えていた。明日からは色を刺す工程に入る予定になっている。

「しかも、猛虎やなんて――」

藤森がぐっと腕に力を込めた。

息苦しさを覚えたが、それでも新條はされるがままでいた。

「お前の背には、昇龍が棲《す》んでいるからな」

互いが互いを背負って生きる――。

その覚悟と秘めた想いを、新條は藤森に伝えたかったのだ。

「これで間違いなく、俺は……お前のものだ」

昂揚して掠れた自分の声が、他人のそれのように悩ましく聞こえた。ゾクゾクとこみ上げる劣情に肌が粟立《あわだ》つのを感じながら、新條は藤森の腕に手を添える。

「そしてお前は、俺だけのものだ」

うっとりと、しかし有無を言わせぬ強《したた》かな表情で、新條はけっきりと藤森に告げた。

「……そうや」

振り返ると、猛々《たけだけ》しく牙《きば》を剥いた虎が、獲物を仕留めようと瞳をギラつかせていた。

「俺は誰のモンでもあらへん。竜也……アンタだけのモンや」

その言葉を聞いた途端、新條の全身に激しい電流が流れた。熱をもった背中を藤森の手で撫でられ、絶頂に似た衝撃が走り抜ける。

「虎徹……」

喘ぐように名を呼ぶのが精一杯だった。

直後、獣と化した藤森に乱暴にカウチに押し倒され、唇を荒々しく貪《むさぼ》られる。上下の唇にはまだナイフの切っ先が刺さった傷痕が残っていて、藤森は執拗《しつよう》にそこを舐めた。

「ふっ……ンッ」

不安定な体勢で抱き合いながら、無粋な布切れを剝がし、裸になって互いを求める。

「アカン……そない積極的に欲しがられたら、アンタをヤり殺してしまいそうやっ」

新條の白く丸い尻を撫でつつ、藤森が滴り落ちそうな欲情をたたえて吐き捨てた。

「いい……」

包帯の巻かれた背中に腕を回し、新條は湿った声で言った。

「お前にならら……何度殺されても構わない」

「煽るな、この……性悪ッ」

藤森が思いきり耳を齧《かじ》る。

その痛みすら、新條にはえも言われぬ快感となった。

「クソ……ッ」

余裕なく新條の腰を抱え上げ、藤森がいきり立ったペニスを手で扱《しご》く。

カウチに横たわった新條は、期待と情欲に満ちた瞳で愛しくも憎らしい男を見つめ、その胸や肩を覆う包帯を撫で摩った。

「すぐ……挿れたい」

駄々をこねるように唇を尖らせる藤森に、新條は薄く微笑んで頷いてやる。

「俺も、すぐにお前が欲しい」

昂った身体が、素直に言葉を口にさせた。身体が熱いのは興奮のせいか、それとも急ぎ

過ぎた筋彫りの影響か、今までの藤森との情交で感じたことのない熱に、新條は脳が溶け出すような感覚を覚える。

「……た、つやっ」

言葉どおり、挿入は強引で性急だった。指で慣らすことも、唾液で濡らすこともなく、ただ藤森の先走りのぬめりと勢いだけの交合に、新條は堪らず悲鳴をあげる。

「いっ……あぁっ」

「キ……ツッ」

苦しいのは藤森も同じようだった。ゼイゼイと包帯の巻かれた肩を喘がせ、額に汗を滲ませていた。

「馬鹿……もっと、来いよ」

全身を覆う熱と藤森の体温、そして、胸の奥から湧きあがる形容し難い感情にせっつかれて、新條は白い脚を藤森の腰へ絡みつかせた。

「ちょっ……無理すんなっ」

藤森が慌てて息を詰めるのも構わず、新條は自ら腰を引き寄せる。

「あぁ……っ」

一気に深まった挿入に、肌が粟立つ。身体の奥深くに藤森を咥え込んだという充足感に、新條は知らず涙を零していた。

「ヤバ……いって、竜也っ」

藤森が余裕なく喘ぐ。いつも新條を振り回してばかりの男が、年下らしく余裕のない表情を見せるのが嬉しくて堪らない。

それでも、まだ足りないような気がする。

「虎徹……」

直接肌が触れ合わないもどかしさに、新條は藤森の傷を覆う包帯を解いていった。

「ん……竜也」

藤森がゆっくりと腰を使い始める。腹の奥底を揺すられ、新たな快感が生まれる。

「お前は……っ、俺だけのものだ……。た、容易く、俺以外の人間に……触れさせるなっ」

灼熱の劣情を突きつけられながら、新條は藤森に命じた。

「ああ」

頷く代わりに、藤森がゆっくりと瞼を閉じてみせる。

「藤森虎徹の身体に傷をつけていいのは、俺だけだ」

新條は逞しい背中に腕を回し、包帯の下から現れた傷ついた龍の目を引っ掻いた。

「ふっ……うぅっ」

痛みに藤森が息を吐く。けれど、新條はやめなかった。辿々しく、そして忙《せわ》しない手つきで残りの包帯を解き、絆創膏を剝がしていく。

やがて鮮やかな昇龍と無惨な傷痕を剝き出しにすると、新條は傷のひとつひとつを指でなぞった。盛り上がった胸筋や腹筋に残る傷も、舌を差し出してチロチロと舐めていく。

「ふふ……っ」

くすぐったいのか、藤森がわずかに身をくねらせたが、決して新條を咎《とが》めることはなかった。代わりに、新條の左頬にうっすら残る傷痕に舌を這《は》わせてくる。

「はぁっ……んっ」

新條は夢中になって藤森の身体に残された傷痕を舐め回した。首筋の傷も、腕や肩の傷も、わずかに血と薬液の味のするすべての傷痕に舌を這わせる。

藤森の腹に摺りつけるペニスからは、しとどに先走りが溢れていた。

「竜也……っ」

焦《じ》れったいのか、藤森が大きく腰を揺すってくる。

その声に目線を上げて、新條は艶っぽい視線を投げかけた。

「俺だけが……お前の命を、好きにできるんだ――」

漆黒の瞳に、氷のような視線を突き刺し、新條は宣言する。

同時に、背中を撫で回していた指先で、ぐりっと龍の目の傷を強く抉った。

「……痛ぅっ」

堪らず藤森が声を漏らす。

塞がりかけていた傷が開き、新條の指先に血が付着した。

「アカン……それ、ヤバい――っ」

傷を抉られる痛みと、ペニスを締めつけられる快感が相まってか、藤森が唇を戦慄かせ
喉《の》を仰け反らせる。

「んっ……あ、あぁ……っ」

絶頂が、近い。

痛みと快楽と、切なさともどかしさが、新條の胸の中で綯《な》い交ぜになって暴れ回る。

「好き……や、竜也――っ」

想いが込められているのであろう藤森の告白に、新條はやはり、応えてやれなかった。

みっともないと思うが、意地と見栄が、甘い言葉を口にするのを邪魔する。

「ああ……分かって、る……っ」

指先にまとう藤森の血のぬめりを、今すぐに口にしたかった。

この想いが、恋だろうが愛だろうが、なんだって構わない。

男と男として藤森と出会い、隣に立つことを許された。

それだけで、すべて投げ出す意味がある。何ものにも代え難い自信が漲《みなぎ》る。

約束どおり、この世に生きる意味を藤森は与えてくれた。

身体を繋ぐことで、素直に言葉にして伝えられない想いを伝えるのだ。

それが叶う、唯一無二の男が、藤森虎徹だっただけ……。

「はっ、もう……イク……でっ」

ぶるっと絆創膏に覆われた頬が痙攣するのを、新條はレンズ越しに見上げた。

「ンん――――っ」

そして、体内に熱く迸《ほとばし》る熱情を受け止めた瞬間、新條も藤森の腹や胸に夥しい量の白濁を撒《ま》き散らしたのだった。


鶴巻の一件から、二週間ほどが過ぎた日の午後。

新條は彫り師のもとから本社への帰り道、例の公園へ立ち寄った。

園内のあちこちに植えられた桜がちょうど満開を迎え、週末ということもあってそこかしこに花見を楽しむ人々の姿が見える。

丘の上のベンチに藤森の姿を認め、新條はゆっくりと近づいていった。

「ご苦労様です、新條さん」

藤森の背後にぴったり控えた結城が会釈する。あの一件以来、外出中は必ず結城をすぐ傍に控えさせるようにと、新條は藤森にきつく約束させていた。

「なんや、急用か?」

藤森がムッツリとした表情で振り返る。

「結城が四六時中張りついてるせいで、まわりに警戒されて全然ゆっくりでけへんやないか」

多くの人で賑《にぎ》わう公園の中で、藤森の腰かけたベンチの周囲だけ、花見客がまったくいない。

「自業自得だろう。お前こそ、もう少し自分の立場を考えろ」

新條は静かに言うと、藤森の隣に少し間を開けて腰を下ろした。

結城が気を利かせてか、そっと二人の傍から離れていく。

「彫り師んとこ行ってたんか」

「ああ」

互いに視線を合わさず、まるで偶然隣に腰かけた他人のような顔で話した。

「どないやって?」

「別に、順調だそうだ」

素っ気ない返事に、それでも藤森が満足げに頷く。

「そらよかった」

随分と急がせているのだが、新條の刺青の完成までまだ半月ほどかかるらしい。

「真っ白い背中も、俺は好きやってんけどなぁ」

そう言う藤森の右頬には、鶴巻によってつけられた醜い傷痕が残っている。

ウィスタリア・コーポレーション社長としてカタギの人間と会うことも多いのだから、せめて頬の傷だけは消した方がいいと新條が言っても、藤森は頑として取り合わなかったのだ。

『アンタがこの傷見るたびに、妬いた顔になるんがええんや』

そう言って笑い飛ばす藤森に腹が立つのだが、新條はきつく言い返せなかった。

藤森への想いを口にしない新條を、傷を残すことで責めているのが分かるからだ。

それでも、今後の仕事に差し支えるのが目に見えているので、新條はいつか藤森に頬の傷を消させようと決意している。

「さっき、田渡組から連絡があった」

最近になってやっと持ち歩くのに慣れたビジネスバッグからクリアファイルを取り出し、新條は藤森の目の前に掲げてみせた。

「ふーん」

ファイルに綴《と》じられた書類が、鶴巻の処遇についてのものだと察しているのだろう。藤森はとくに興味はないといった様子で、花見に興じる人々を眺めている。

「事細かに状況説明が書かれている。読むか？」

「いや、ええわ。どうせ悪趣味なスプラッタやろ」

藤森の予想どおり、鶴巻の最期は随分と惨たらしいものだった。新條は当事者のひとりとして書類に目を通したが、鶴巻の嗜好そのままの処分方法に、途中で読むのをやめてしまったほどだ。

「因果応報っちゅうやつや。爺さんが始末せんかったら、俺が沈めとった」

桜の花びらの舞う空を見上げ、藤森が呟く。

おそらく本音だろうと新條は思った。病院を抜け出して抱き合った夜、鶴巻を殺してやりたかったと言った鬼気迫る表情が思い出される。

人情に重きを置き、武力抗争など時代遅れだと言って憚《はばか》らない藤森だが、死で罪を贖《あがな》わせることに躊躇いはない。

ただ、無闇に死で解決することが嫌いなだけなのだと、新條は知っている。

「なあ、新條」

「なんだ」

穏やかで優しい春風が、二人の間をそよいでいく。

「これからも、いろいろ面倒かけると思うで？」

藤森が首を傾《かし》げて言うのに、新條はフッと吹き出してしまった。

「今さら何を言うかと思ったら……。もとより、覚悟はできている」

「そら、心強いな」

藤森が笑う。

「だが」

満足げに大きく伸びをする藤森に、新條は感情を抑えて静かに告げた。

「俺を裏切ったり、俺が担ぐに値しない男に成り下がるようなことがあれば、お前を容赦なく切り捨てる」

藤森が瞳を大きく見開く。

甘い言葉など、自分たちに必要はないと新條は思っていた。ただまっすぐに、藤森虎徹という男にぶつかりながら、ともに歩いていけばいいと――。

「はは……っ」

藤森がその顔に喜色を浮かべ、公園じゅうに響き渡るような笑い声をあげた。

「あははは……！　ホンマにアンタは堪らんやっちゃなぁ！」

「何がおかしい」

馬鹿にされているようで腹が立つ。キッと睨みつけるが、藤森は一向に気にする気配がない。

「好きやで、竜也」

そう言っていきなり肩を組んできたかと思うと、強引に抱き寄せ、怒った新條の頬にちゅ……と唇を押しつけた。

「ばっ……！　馬鹿か！　何を……っ！」

慌てて藤森の身体を押しやって、新條はベンチから立ち上がった。

「何って……親愛の情を伝えただけやないか」

「こ、こんな公の場で、……な、何を考えているんだ、お前は――っ！」

肩を怒らせて叫ぶと、新條はくるっと踵《きびす》を返した。

「なんや、もう帰るんか？　もっとゆっくり花見していこうや。なあ、新條っ！」

足早に丘を下っていく新條の耳に、藤森の不満げな声が聞こえてくる。

「ホンマ……ツレへん奴やなぁ」

――ふざけるな、お調子者め！

耳が赤くなっているのを誤魔化《ごまか》すように、新條は肩を怒らせて先を急いだ。

「待てよ、新條！　どうせ本社に戻るんやろ？　一緒に乗ってったらええやないか！」

振り返らずとも、藤森が子供みたいな顔で駆け下りてくるのが、新條の目に浮かぶようだった。きっとその後ろを結城があたふたと追いかけているのだろう。

「新條さん！」

公園の脇にある駐車場から、泰三がブンブンと腕を振る。新條はその姿を認めて、小さく手を上げて応えた。

そして、足を止め、振り返る。

「早くしろ、馬鹿野郎っ！」

眼鏡のブリッジを押し上げながら、藤森に向かって叫んでやった。

「分かっとるわい！　いちいちうるさいやっちゃな！」

憎まれ口を叩く男を、かわいいと思う時点で惚れているとしか言い様がない。

しかし、どんなに深く惚れ込んで、すべてを捧げても構わないと思っても、やはり藤森への感情は恋などではないと新條は思ってしまう。

往生際が悪いと言われようが、そんな簡単な言葉で自分たちの関係を片付けてしまいたくないのだ。

すっかり藤森に囚《とら》われていると自覚しているが、それは愛や恋などという甘い感情とはどうも違うように思える。

女のように愛してくれと望めば、きっと藤森はそれに応えてくれるだろう。

藤森ほど愛する者を大切にする男は、まずそうはいない。きっと極道の世界に生まれていなければ、藤森は情に厚く義理堅い、優しい男だったに違いない。

もし、お互いにカタギの人間として出会っていたならば、男同士という垣根を越えて新條も少しは素直に恋として認められたかもしれない。

けれど、新條と藤森は、ヤクザとして出会った。

――恋でなど、なくてもいい。

うららかな春の光を浴びる藤森を見つめる。

あの逞しい背中には、どこまでも天を駆け上がっていくような、龍の刺青が彫られている。美しい鱗《うろこ》には数多《あまた》の傷が刻まれて、まるで歴戦の武勇の証《あかし》のようだ。

その龍は、片目から血の涙を流している。

新條がセックスに喘ぎながら何度も爪を立て、二度と他人に触れさせるなと掻き抱いた引っ掻き傷が、赤い爪痕となって刻まれていた。

まるで藤森の背中に赤い糸で龍を縛りつけるような、爪痕。

あの龍は、俺だ――と新條は思った。

血でできた赤い糸で、自分を藤森の背中に雁字《がんじ》搦《がら》めに縛りつけたのだ。

「新條、アンタ、歩くのむっちゃ速いなぁ」

息を切らして丘を駆け下りてきた藤森が、もたれかかるようにして新條の肩を抱いた。

「お前こそ、運動不足なんじゃないか？」

チクリと言って、新條は満ち足りた笑みを浮かべた。

憎らしくて、愛しい男。

生きることに迷った新條を、生きることに縛りつけた、かけがえのない男。

「……ほな、今晩一緒に頑張ろか？」

下品な冗談を軽く無視して、新條は藤森の背中――龍の目のあたりを小突いてやった。

「痛ぅ……っ！」

藤森が呻き声をあげてその場に蹲《うずくま》る。

「愛してるよ、社長」

ぼそっと言い置いて、新條は泰三の運転する車に乗り込んだ。

「ちょっ……、新條？　今、なんて言うた？　なあ、待てや、新條――っ！」

空は雲ひとつない穏やかな晴天。

泰三がルームミラー越しに不思議そうな顔をする。

新條は眠る体勢をとるフリをして、真っ赤になった顔を泰三の視線から隠したのだった。

あとがき

この度は『虎と竜～灼熱の純情と冷徹な慾情～』を手にとってくださってありがとうございます。アズ文庫様では「はじめまして」になります。四ノ宮慶です。

初出にもありますように、藤森と新條のお話は同人誌で発表したものです。当時からとても気に入っていたお話で、シリーズとして続編を同人誌で発表していました。

まさか、紆余曲折を経てこのような形で読者の皆さんにお届けできるなんて、夢にも思っていませんでした。

もしかすると、同人誌の頃からお付き合いくださっている方もいらっしゃるかもしれませんね。生まれ変わった彼らのお話も楽しんでもらえるといいのですが……。

イラストを担当してくださった小山田あみ先生には、心からお礼を申し上げます。藤森や新條が自分で考えていた以上にイメージどおりだったのは勿論、ぼんやりとしか思い描けていなかった脇キャラたちまで活き活きと描いてくださいました。想像以上に格好いい結城と、チャラいけどイケメンな泰三にキュンキュンしました。何よりも、鶴巻の陰湿な表情が素晴らしく、ラフを拝見したときには担当さんとかなり盛り上がったのを覚えています。お仕事ご一緒できてとても嬉しかったです。どうもありがとうございました。

担当さんには、何度お礼を言っても足りない想いでいっぱいです。単行本化に向けての改稿の際には、様々な相談にのっていただきました。藤森組の面々を新たに世に送り出す機会をくださり、本当にありがとうございます。

最後に、この本を手にとってくださった読者様。私の大好きなヤクザもので年下攻め設定です。男同士の意地と純情が綯い交ぜになった萌えが、ちゃんと届けられているか心配ですが、少しでも楽しんでいただけたら幸いです。よろしければご感想などお聞かせください。

最後までお付き合いいただいてありがとうございました。また次のお話でお会いできたら嬉しいです。

四ノ宮慶

【初出】
虎と竜～灼熱の純情と冷徹な慾情～:
同人誌『灼熱の純情と冷徹な慾情』(2008年8月17日初版発行)に大幅加筆修正
(※2011年小説b-Boy2月号3月号に前後編で掲載)
爪痕:同人誌『爪痕』(2009年3月8日初版発行)に大幅加筆修正

この本を読んでのご意見・ご感想・
ファンレターをお待ちしております。
〒101-0051
東京都千代田区神田神保町2-4-7
久月神田ビル7F
(株)イースト・プレス　アズ文庫 編集部

虎《とら》と竜《りゅう》～灼熱《しゃくねつ》の純情《じゅんじょう》と冷徹《れいてつ》な慾情《よくじょう》～

2014年4月10日　第1刷発行

著　者：四《し》ノ《の》宮《みや》慶《けい》

装　丁：株式会社フラット
DTP：臼田彩穂
編　集：福山八千代・面来朋子
営　業：雨宮吉雄・藤川めぐみ

発行人：福山八千代
発行所：株式会社イースト・プレス
〒101-0051
東京都千代田区神田神保町2-4-7
久月神田ビル8F
TEL03-5213-4700　FAX03-5213-4701
http://www.eastpress.co.jp/

印刷製本　中央精版印刷株式会社

ISBN978-4-7816-1141-9　C0193

『純恋愛症候群《シンドローム》』©山田パン／イースト・プレス